D0583984

Les jumelles

Les jumelles

Caroline B. Cooney

Traduit de l'anglais par
Marie-Andrée Warnant-Côté

Données de catalogage avant publication (Canada)

Cooney, Caroline B.

Les jumelles

(Frissons ; 57)
Pour les jeunes de 12 à 14 ans.
Traduction de : Twins.

ISBN : 2-7625-8138-9

I. Titre. II. Collection.

PZ23.C658Ju 1995 j813'.54 C95-941327-8

Dépôts légaux : 4e trimestre 1995
Bibliothèque nationale du Québec
Bibliothèque nationale du Canada

ISBN : 2-7625-8138-9 Imprimé au Canada

LES ÉDITIONS HÉRITAGE INC.
300, rue Arran, Saint-Lambert (Québec) J4R 1K5
(514) 875-0327

FRISSONS™ est une marque de commerce des éditions Héritage inc.

Chapitre 1

Ils veulent l'envoyer en pension. Marie-Louise n'arrive pas à le croire. Ils veulent séparer des sœurs jumelles ?

Son joli visage est déformé par la peur. Ses magnifiques yeux noisette, bordés de longs cils noirs, sont écarquillés sous l'effet de la panique.

Chaque mouvement de ses cheveux, chaque haussement de ses sourcils est imité par sa sœur jumelle. Si c'était un conte de fées, et que l'une des deux disait : « Miroir, miroir, dis-moi qui est la plus belle », le miroir ne pourrait pas répondre. Car elles sont très belles *toutes les deux.*

— Écoutez ! Madrigal et moi, on n'a jamais été séparées ! dit-elle en s'efforçant de rester calme.

Ses parents admirent le contrôle de soi.

— Vous ne comprenez pas parce que vous n'êtes pas des jumeaux, poursuit-elle. On n'est pas des sœurs ordinaires. Si vous m'éloignez d'elle, on ne sera plus un tout !

— Quoi qu'il en soit, tu t'en vas, dit sa mère d'un ton triste, mais résolu.

Sa mère, qui adorait avoir des jumelles, qui aimait les habiller et les coiffer de la même façon, qui les admirait dans leur synchronisme parfait, veut maintenant qu'elles soient séparées ?

Marie-Louise tremble. Elle n'a pas besoin de regarder sa sœur, Madrigal tremble sûrement, elle aussi. L'un des traits étranges de leur état de vraies jumelles est qu'elles-mêmes ne savent jamais laquelle a commencé quelque chose. Il se peut que Madrigal ait commencé à trembler en premier. L'une est toujours le reflet de l'autre.

— Maman, vous ne pouvez pas nous faire ça ! crie Marie-Louise, hors d'elle.

Ses parents sont étrangement calmes, sans doute blindés contre ses cris, s'y attendant même, redoutant le moment où Madrigal se mettra à crier, elle aussi.

— Nous avons beaucoup réfléchi, ma chouette, dit tranquillement son père. Nous avons pris la bonne décision.

— Vous avez passé dix-sept ans à nous rendre identiques ! Et vous avez réussi ! Personne ne peut nous distinguer l'une de l'autre. On ne fait qu'une. Qu'est-ce qui vous a fait changer d'idée ? Comment pouvez-vous penser qu'une séparation est ce qu'il y a de mieux pour nous ?

Les deux sœurs sont présentes, bien sûr, et pourtant, père et mère semblent s'adresser uniquement à Marie-Louise. Comme si elle était la plus atteinte. Comme si elle avait besoin d'être guérie. Comme si le pensionnat était ce qu'il lui fallait.

Sous la caresse de sa mère, les cheveux de Marie-Louise s'échappent du ruban jaune qui les retenait lâchement et retombent lourdement sur ses épaules. Les yeux de sa mère sont brillants de larmes contenues.

Marie-Louise ne comprend pas ce qui se passe. Ils auront tous les quatre le cœur brisé par une séparation.

— Essaie de comprendre, dit sa mère d'une voix brisée.

— Qu'y a-t-il à comprendre ? demande Marie-Louise. Vous nous arrachez à nous-mêmes !

— Remarque ta façon de parler, Marie-Louise, dit sa mère. Madrigal n'est pas toi-même. Elle est elle-même. On a permis que tout le monde vous traite comme une unité. On a eu tort. Vous ne faites pas qu'une puisque vous êtes deux.

Marie-Louise ne peut pas croire qu'elle va être expédiée au loin comme un colis. Qu'elle va se réveiller le matin sans sa jumelle. S'habiller sans sa jumelle. Aller en classe sans...

C'est impensable ! Elle ne s'en ira pas.

— Vous avez mis au monde de vraies jumelles. Vous devez accepter ce que nous sommes ! Et nous sommes une !

— Marie-Louise, écoute ce que tu dis. Tu dis « nous » au lieu de « je ». Ce n'est pas sain. Tu as besoin d'être une fille appelée Marie-Louise, pas la moitié d'un duo. Tu dois voler de tes propres ailes.

— De vraies jumelles ne peuvent pas faire ça. Tu nies un fait biologique.

— Le fait est que nous avons décidé de vous séparer, ta sœur et toi, dit son père. Il ne te reste qu'à nous faire confiance. C'est une opération nécessaire pour ta santé mentale et celle de Madrigal. Madrigal reste à la maison sous notre surveillance et toi, tu vas en pension.

Tout semble chavirer autour de Marie-Louise. Elle se tourne vers sa sœur, sachant que la force de son mouvement mettra Madrigal en mouvement. Ce n'est pas tant qu'elles s'imitent, mais plutôt qu'elles bougent simultanément.

— On ne les laissera pas faire, hein, Madrigal ?

Sa sœur jumelle sourit. Un sourire que Marie-Louise ne partage pas du tout.

— Je trouve que c'est une bonne idée, dit Madrigal.

Le pensionnat est à trois mille deux cent dix-huit kilomètres de chez elle.

Dans l'avion, Marie-Louise sent chacun de ces kilomètres passer sur elle. Trois mille deux cent dix-huit espaces entre elle et sa sœur jumelle.

« Comment est-ce que je supporte ça ? » se demande-t-elle, malade de peur. « De toute ma vie, je ne suis jamais allée nulle part sans Madrigal. »

Ce n'est pas tout à fait vrai, mais elle peut compter les exceptions sur les doigts d'une main.

Il y a eu la première semaine d'école en cinquième année, lorsque les commissaires avaient décrété que Marie-Louise et Madrigal devaient avoir des enseignants différents. Dès la deuxième semaine, ils étaient revenus sur leur décision.

Il y a eu la visite de Marie-Louise au centre commercial avec Sonia Masson. Comme Marie-Louise trouvait étrange de ne pas être accompagnée de sa jumelle, de rire avec quelqu'un dont le rire n'était pas en partie le sien ! Elle avait vaguement pensé que ce serait amusant d'avoir une amie.

Il y a eu le doux après-midi passé en compagnie de Vincent, le frère de Sonia. Ils ont mangé des crèmes glacées au chocolat. Ce n'était pas vraiment une sortie, juste un joli moment que Marie-Louise chérit.

En fait, les jumelles n'ont jamais eu de rendez-vous avec des garçons. Elles n'ont jamais rien fait l'une sans l'autre. Leur présence intimide les garçons. Des filles aussi belles qu'elles et si parfaitement semblables sont un phénomène.

C'est étrange comment ce bref moment partagé avec Vincent est devenu un événement.

Mais le plus grand événement de sa vie est la Séparation, avec un « s » majuscule.

— Tu ne peux pas téléphoner, ont dit ses parents. Tu dois écrire plutôt.

Ne pas téléphoner ? Ne pas entendre la voix de sa sœur ?

— Je *dois* pouvoir téléphoner, a plaidé Marie-Louise. Il doit me rester quelque chose. Oh ! Madrigal, ne les écoute pas ! Appelle-moi quand ils ne sont pas là.

— Je trouve qu'ils ont raison, a dit sa sœur jumelle.

La trahison est tellement grande et douloureuse que Marie-Louise ne peut même pas y penser. Elle sait que si Madrigal s'y était opposée, la Séparation n'aurait pas eu lieu. Mais Madrigal n'a pas discuté la décision une seule fois. Pas une seule. C'est un coup qui lui laisse une cicatrice au cœur. Marie-Louise a même eu la pensée que sa sœur ne s'ennuyerait pas d'elle. Elle s'est empressée d'enterrer cette pensée !

Madrigal, seule à la maison, sera aussi triste que Marie-Louise, au pensionnat.

Marie-Louise ne comprend pas ce qui arrive. Pendant la dernière semaine qu'elle a passé à la maison, ses parents semblaient la couver, comme si elle était en danger. Chaque nuit, elle a mouillé son oreiller de ses larmes. Le matin, les yeux de sa mère étaient rouges, ceux de son père étaient cernés, mais les yeux de Madrigal étaient clairs et brillants.

Comment sa mère et son père, qui ont toujours semblé l'aimer, peuvent-ils la rejeter comme un jeu de cartes incomplet ?

* * *

Alentour, les montagnes sont hautes. Les édifices de pierres grises se dressent au centre d'une vaste pelouse. De sombres forêts entourent le pensionnat.

Marie-Louise est seule. Ça ne lui est jamais arrivé auparavant. Les gens ordinaires sont souvent seuls, mais les vraies jumelles, jamais. Comment les gens ordinaires supportent-ils leur solitude ?

Les vraies jumelles, elles, peuvent communiquer par ondes invisibles. À partir de son âme, à travers l'espace, Marie-Louise envoie des ondes vers sa jumelle.

Il ne se passe rien.

Les ondes sont muettes.

Dans ses pires cauchemars, Marie-Louise n'a jamais imaginé ça.

Elle est seule. Et Madrigal est d'accord.

À l'aéroport, son père a eu le culot de la cajoler, de lui dire adieu en privé, comme s'il faisait une bonne action.

— Sois mon brave soldat, lui a-t-il dit.

Marie-Louise a détesté cette comparaison.

— Avance sans regarder en arrière et fais de ton mieux. Fais-toi des amis. La vie continue, lui a-t-il dit.

« J'avance au même pas que ma sœur jumelle », a-t-elle pensé en refoulant ses larmes.

Elle se dirige maintenant vers le pensionnat, et dans l'herbe haute il n'y a qu'une trace de pas. Elle avance. Quelles étranges recommandations : « Avance, fais-toi des amis, la vie continue. » Bien sûr, que la vie continue. On ne meurt pas de solitude. Bien qu'elle se sente comme morte sans Madrigal. Pour ce qui est de « fais-toi des amis », elle ne veut pas d'autre amie que Madrigal ! Et quant à « avance », eh bien, oui, elle va continuer sa vie, elle n'a pas d'autre choix.

« C'est trop dur », se dit-elle, déjà épuisée. Et elle n'a encore rencontré personne.

Le dortoir est vaste. Il y aura tant de filles à connaître et tant de noms à se rappeler. Au troisième étage, où Marie-Louise a été assignée, elles semblent déjà toutes se connaître et se font des blagues d'habituées.

— Salut ! dit-elle à la ronde. Je suis Marie-Louise ?

La fin de sa phrase reste en l'air comme si c'était une question, car ensuite elle ne peut pas présenter Madrigal. Indécise et vague, c'est une demi-présentation pour un demi-duo.

Mais toutes ces filles ont déjà été nouvelles, et elles la saluent gentiment.

— Je m'appelle Brigitte, dit en souriant une première camarade de dortoir.

— Moi, c'est Mireille, dit la deuxième en serrant Marie-Louise dans ses bras.

— On est contentes que tu sois avec nous, disent-elles. On va te montrer les trucs, parce que c'est notre troisième année ici.

« Bon, ce ne sera pas la fin du monde, se dit Marie-Louise. Elles sont gentilles. Je vais pouvoir survivre. »

Elle ne pourra pas retourner chez elle avant Noël ! C'est diabolique de la garder au pensionnat pendant quatre mois entiers !

Marie-Louise ne peut répondre qu'à moitié aux gentillesses de Brigitte et de Mireille. À leur étage, il y a déjà une Marie-Lyne, une Marie-Hélène et une

Marie. Marie-Louise n'est qu'un autre nom semblable servant à encombrer l'esprit des gens.

« Madrigal, j'ai besoin de toi », supplie-t-elle en pensée. Mais les ondes jumelles restent silencieuses.

C'est pire qu'être seule. Elle se sent vide.

Au début, Brigitte et Mireille l'emmènent partout pour la présenter aux autres pensionnaires. Mais Marie-Louise est trop triste pour répondre à leur enthousiasme.

L'année scolaire débute comme une nuit sans sommeil.

Marie-Louise n'a jamais eu à se faire des amis. Elle a été gratifiée d'une compagne dès sa naissance. Et même si elle souffre affreusement de la solitude, elle ne fait aucun effort pour se rapprocher de ses camarades.

Mais elle se rend compte que ses parents ont raison : être une jumelle la handicape.

Lorsque, avec Madrigal, elle s'avance dans une pièce, les conversations s'arrêtent. Les gens sont fascinés. Des jumelles, c'est inhabituel. De vraies jumelles, c'est surprenant. De vraies jumelles aussi belles, c'est un phénomène.

Maintenant, Marie-Louise n'est plus qu'une jolie fille parmi beaucoup d'autres jolies filles. N'étant plus un phénomène, elle n'est plus rien.

Si le souper est servi pour l'ensemble des élèves et que des places sont assignées à chacune, les pensionnaires prennent librement leur déjeuner et leur dîner. Certaines tables sont vides, alors que d'autres sont pleines. Marie-Louise se retrouve toujours à une table vide, malgré son désir de se joindre à un groupe. Elle s'ennuie de sa sœur, de sa vie à la maison, de ses parents, de ses camarades et de son école.

Les bons côtés de la vie de pensionnaire, elle les ignore.

En quelques jours, elle se retrouve seule, sans amies. Mireille et Brigitte continuent d'être gentilles avec elle, mais demandent en secret à la préposée au dortoir d'installer Marie-Louise dans une autre chambre.

Marie-Louise observe les amitiés qui se tissent. Si elle n'était pas une jumelle, peut-être qu'elle aurait pu être amie avec Sonia ou avec Vincent. Mais elle a manqué sa chance, elle était trop absorbée par Madrigal. Et maintenant, elle a tout perdu, Sonia et Vincent et tout ce qui est bon et rassurant.

Pour renforcer la Séparation, ses parents ont défendu à Marie-Louise de dire qu'elle a une sœur jumelle.

— Est-ce que je suis censée cacher ça comme un passé scandaleux ? leur a-t-elle demandé en pleurant.

— Non, a répondu son père, tu es censée l'oublier, comme un passé maladif.

Oublier qu'elle a une sœur jumelle ?

Au pensionnat, personne ne raconte sa vie. On dirait que chacune a largué quelque chose derrière elle. Elles vivent au présent, et le présent de Marie-Louise n'inclut pas de sœur jumelle.

Lorsqu'elle pense à la maison, c'est-à-dire constamment, Marie-Louise pense surtout aux questions qu'elle aurait dû poser à ses parents. Il doit y avoir une autre explication que celle qu'ils lui ont donnée. Si elles étaient trop unies, pourquoi ne leur ont-ils pas tout simplement fait prendre des cours différents, pourquoi ne les ont-ils pas inscrites à des activités sportives différentes ? Ne pouvait-elle pas fréquenter une école privée dans la même ville ? Pourquoi l'envoyer à des milliers de kilomètres de chez elle ?

« Tout est ma faute, certainement, se dit-elle. Et rien n'est la faute de Madrigal, sinon papa et maman n'auraient pas agi ainsi. Mais qu'est-ce que j'ai fait ? »

Elle se force pour communiquer avec Madrigal par écrit. Les sœurs ne se sont jamais écrit de lettres. En fait, elles se passent souvent de paroles.

Chère Madrigal... écrit Marie-Louise. Que dire d'autre ? *C'est horrible ici. Je m'ennuie tellement de toi ! Je veux rentrer à la maison !*

Elle ne peut pas écrire ça. La raison d'être de toute cette affaire est que Marie-Louise et Madrigal doivent être séparées pour devenir des individus à part entière. Et que sont ces lamentations, sinon des preuves qu'elle n'y est pas parvenue ?

Alors Marie-Louise écrit des mensonges. *Je fais partie de l'équipe de hockey sur gazon*, écrit-elle. *Mes camarades de dortoir, Mireille et Brigitte, sont formidables.* Ça au moins, c'est vrai. C'est Marie-Louise qui n'est pas une camarade formidable. *Mon prof de français, madame Soriol, trouve que mon écriture est géniale.* écrit-elle, bien que madame Soriol ait mis un C moins sur ses deux derniers travaux.

Madrigal n'écrit pas aussi souvent que Marie-Louise. Ses lettres sont également farcies de mensonges. *Je vis une année formidable ! Je m'amuse tellement !*

Maman et papa lisent ces mots, sans aucun doute. Marie-Louise les imagine déchirant les lettres trempées de larmes dans lesquelles Madrigal avoue combien elle s'ennuie de sa sœur et dictant ces phrases détestables : *Je vis une année formidable ! Je m'amuse tellement !*

Parfois, elle se rappelle une autre phrase dite par sa mère : « Madrigal restera à la maison sous notre surveillance. »

Les jumelles se sont toujours bien comportées. Quand ont-elles jamais eu besoin d'être surveillées ?

Marie-Louise s'habitue à la surveillance exercée au pensionnat, comme un prisonnier à une forme de torture. Avec une lenteur cruelle, les vacances de Noël se rapprochent.

Vingt jours à la maison. Vingt jours avec Madrigal. Vingt jours pendant lesquels Marie-Louise n'aura pas besoin de miroir, parce qu'elle aura et sera un miroir.

Personne n'est jamais rentré chez soi plus joyeusement que Marie-Louise.

Mais rien ne se passe comme prévu.

Sa sœur jumelle est devant elle, mais Madrigal, son miroir, une partie d'elle-même, demeure perdue. Marie-Louise ne comprend plus Madrigal. Elle ne se sent plus unie de cœur et d'esprit avec sa sœur.

Leurs parents ont accompli leur mission.

Les sœurs jumelles sont séparées.

À onze ans, elles avaient été obligées de s'installer dans des chambres séparées. Ça leur avait pris des années à s'habituer à dormir avec des murs entre elles. Maintenant, le mur entre elles est invisible, mais plus épais.

... et Madrigal est contente.

— Mais Madrigal, murmure Marie-Louise, tu dois vouloir que je revienne !

Sa sœur soupire.

— Bien sûr que je le veux, Malou.

Malou est le surnom que Madrigal donnait à Marie-Louise lorsqu'elles étaient petites.

Madrigal l'embrasse. Mais c'est un baiser de commande. Un baiser qu'elle se sent obligée de donner.

— Pourquoi ? demande Marie-Louise. Qu'est-il arrivé ? Je m'ennuie tellement de toi ! C'est si dur, Madrigal. Au pensionnat, nuit et jour, j'essaie de t'entendre, mais je ne réussis pas à t'atteindre ! C'est comme si j'étais *n'importe qui* !

Madrigal devrait la réconforter maintenant. Parce que c'est leur fierté particulière, leur secret : « On n'est pas comme n'importe qui. On est nous ! »

— La vie a changé, dit sèchement sa sœur.

La peur monte en Marie-Louise comme un raz-de-marée.

— Mais on n'a pas changé, *nous* !

Les yeux de sa sœur prennent une expression que Marie-Louise ne peut pas imiter. Sa bouche s'incurve sous le coup d'une émotion inconnue de Marie-Louise.

— Jean Poirier, dit Madrigal. J'ai un amoureux. *Jean Poirier*.

Marie-Louise est éberluée.

Un amoureux ? Quel amoureux ?

Sa sœur a-t-elle parlé de Jean Poirier dans ses lettres ?

Non.

Ses parents ont-ils mentionné que Madrigal avait un amoureux ?

Non.

Marie-Louise a-t-elle senti que sa sœur avait un homme dans sa vie ?

Non.

— J'aimerais le rencontrer, dit-elle timidement.

Comme c'est extraordinaire d'être gênée avec sa propre sœur jumelle !

Madrigal secoue énergiquement la tête.

— Il sait que j'ai une sœur jumelle, dit-elle. Et sans doute qu'à l'école, on lui a dit qu'on est identiques. Mais je ne veux pas qu'il te voie. Je veux qu'il ne pense qu'à moi.

— Tu ne veux pas que ton amoureux me voie ? Je suis la moitié de toi !

— Ne sois pas si mélodramatique, réplique Madrigal en faisant une grimace.

— Mais tu me gardes dans l'ombre ! Comme un secret scandaleux !

Marie-Louise replace une mèche de cheveux, touche ses boucles d'oreilles, joue avec les boutons de son chandail. Pas une fois sa sœur ne fait les mêmes gestes qu'elle. Le synchronisme a cessé.

— Malou, dit sa sœur d'un ton patient. Il y a un pensionnat de garçons près du tien. Choisis-en un.

— Bien sûr que je veux avoir un amoureux, mais ça n'a rien à voir avec nous. Je veux « notre nous ».

Madrigal lui lance un regard auquel Marie-Louise ne sait que répondre.

— J'ai un autre « nous », maintenant, Malou. Reste à l'écart.

Marie-Louise ne peut pas imaginer Jean Poirier, cette autre moitié d'un « nous ». C'est trop terrible. Dans quelques jours, elle sera de retour au pensionnat. Elle doit faire comprendre son désespoir à Madrigal.

— Madrigal, s'il te plaît, viens me voir au pensionnat. Passe une longue fin de semaine avec moi. Ça m'aiderait si tu passais un peu de temps avec moi.

— Je suis occupée. J'ai Jean Poirier, maintenant. Tu dois te faire à cette idée. Le pensionnat des garçons et le tien partagent les mêmes pentes de ski. Tu devrais trouver quelqu'un d'attirant. Crois-moi, c'est un amoureux qu'il te faut. Tu n'as qu'à t'en choisir un.

Si Marie-Louise pouvait choisir, ce serait Vincent. Mais elle ne peut pas le choisir, parce qu'elle devra bientôt retourner à son pensionnat. Elle ne peut choisir un garçon là-bas parce que sa morosité l'enveloppe comme un nuage sombre.

Madrigal se désintéresse des problèmes de Marie-Louise et sort. Et Marie-Louise ne sait pas où elle va; et lorsque Madrigal rentre, elle ne le lui dit pas.

— J'espère que vous êtes contents, dit Marie-Louise à ses parents en pleurant. On n'est plus identiques. On n'est plus un tout. On est deux au lieu d'une.

— Nous ne sommes pas heureux, dit son père, mais nous avons pris la bonne décision.

Une grande tristesse semble envelopper ses parents. Ils l'étreignent, mais froidement. Ils agissent comme s'ils l'avaient vendue à des étrangers. Comme s'ils avaient fait un pacte dont elle ne connaîtrait jamais les clauses.

— Que se passe-t-il ? demande-t-elle. Pourquoi est-ce que vous me faites ça ?

— Nous le faisons pour toi, chérie, dit sa mère. Tu dois nous faire confiance.

Leur faire confiance ? C'est à mourir de rire !

Les vacances de Noël prennent fin.

Marie-Louise est à nouveau à bord d'un avion dans un ciel gris comme son cœur.

« De quoi peut bien avoir l'air Jean Poirier ? se demande-t-elle. S'il aime Madrigal, est-ce qu'il ne m'aimerait pas de la même manière ? Nous sommes pareilles !»

«Je voudrais être à la place de Madrigal !»

Chapitre 2

— Je viens te voir ! crie Madrigal au téléphone. On va s'amuser comme des folles. Je vais rencontrer toutes tes amies. On va leur en mettre plein la vue et on sera « nous ».

— Maman et papa te permettent de venir ? Ils te permettent de me téléphoner ?

— Non. Mais je t'aime, jumelle de mon cœur, et tu as besoin de moi, alors j'ai tout arrangé à leur insu.

Oh ! Madrigal ! Marie-Louise avait cessé d'espérer une visite. Son cœur est devenu froid comme février, et elle croyait que seules les vacances d'été pourraient interrompre sa solitude.

Elle commence à faire des projets. Elle pirouette dans le dortoir.

— Mireille, devine ! Ma sœur jumelle va venir !

Mireille a depuis longtemps cessé de parler à une camarade aussi ennuyeuse.

— Ne me fais pas marcher, proteste-t-elle. Tu n'as pas de jumelle.

— Oui, j'en ai une. Tu vas l'adorer !

Pendant le repas, Marie-Louise va de table en table :

— Ma sœur jumelle vient me visiter durant le congé de trois jours.

Les filles branchées échangent des regards entendus.

— Ça arrive à cette époque de l'année, dit Marie-Lyne. L'hiver est trop long. Les filles fragiles deviennent folles, elles se croient de vraies jumelles.

Marie-Louise rougit.

— Dis-moi, Marie-Louise, dit une fille au sourire cruel, si ta sœur jumelle te ressemble… euh… qu'est-ce que tu veux que ça nous fasse ?

— Arrêtez ! Laissez-la tranquille ! dit Brigitte, prenant la défense de sa camarade.

Madrigal arrive.

Elle entre dans le pensionnat comme s'il lui appartenait. Elle est l'Événement que Marie-Louise n'a pas pu être. Elle ensorcelle les camarades de dortoir de Marie-Louise. À la fin de la première journée, les sœurs jumelles sont assises à la table des filles les plus populaires. Mais celles-ci ne parlent qu'à Madrigal.

Malgré leur ressemblance qui a trompé les gens pendant dix-sept ans, les pensionnaires savent distinguer Madrigal de Marie-Louise. Celle-ci est stupéfaite. À la maison, elle répond toujours pour Madrigal, et Madrigal répond à sa place. Comment Brigitte, Mireille, Marie-Lyne et Marie-Hélène peuvent-elles reconnaître si facilement laquelle des deux beautés aux cheveux et aux yeux noirs est Madrigal ?

Madrigal a de la personnalité.

Marie-Louise reste anodine.

Cette fin de semaine à laquelle Marie-Louise aspirait tellement est la pire de sa vie. Elle apprend une déplaisante et terrible vérité : ce n'est pas l'apparence qui compte. Car les deux jumelles ont la même apparence. En cinq mois de vie avec ces filles, Marie-Louise ne leur a rien apporté. En vingt-quatre heures, Madrigal est devenue leur amie.

« On n'est pas identiques. Elle est mieux que moi. Et tout le monde le savait, sauf moi. C'est pour ça que c'est moi qu'on a envoyée au pensionnat. Papa et maman le savaient, c'est Madrigal qui mérite leur affection. Je ne suis rien qu'un reflet.»

Elle essaie de transmettre cette pensée à Madrigal, pour que celle-ci la console et la comprenne entièrement. Elle a besoin que Madrigal lui prouve que cette stupide théorie est fausse.

Mais Madrigal ne se rend compte de rien. La jumelle qui aurait dû comprendre la situation instantanément ne pense qu'à s'amuser.

Et le soir, dans le dortoir, Madrigal leur raconte des anecdotes de son école. Elle leur parle du beau Jean Poirier et de leurs rendez-vous excitants, de leurs escapades romantiques et de ses idées folles.

Marie-Louise a du mal à croire que sa mère et son père, qui surveillaient de près les petits camarades de jeux de leurs filles, laissent Madrigal sortir à n'importe quelle heure avec ce voyou de Jean Poirier. Il semble n'y avoir ni horaires, ni règles, ni surveillance.

Elle se souvient pourtant que sa mère a clamé qu'elle gardait Madrigal à la maison pour la « surveiller ».

Le dernier jour d'une visite trop longue où elle ne s'est sentie que trop solitaire, Marie-Louise dit à sa sœur :

— Je n'irai pas skier aujourd'hui. Va avec Brigitte et Mireille. Je vais étudier.

Elles sont en train de se coiffer l'une l'autre, comme elles l'ont souvent fait, sans miroir, chacune étant le reflet parfait de l'autre. Marie-Louise observe le joli visage qui appartient à une autre, ces yeux au regard impénétrable, cette peau mate tendue comme un rideau entre elles, les longs cils semblables à une frange séparant leurs vies.

« Qui es-tu ? pense Marie-Louise. Je ne te connais même pas ! »

— Mais bien sûr que tu viens skier, dit Madrigal. La pente est tout près. Ne fais pas le bébé, Malou.

— Je ne suis pas aussi habile que toi.

— Allons. Il y a des gens que je veux impressionner. À deux, on est plus impressionnantes que seule.

« Qui veux-tu impressionner ? pense Marie-Louise. Ils t'appartiennent tous déjà. »

Elle ira, cependant. Elles rejoindront les autres,

toutes les deux, mais seule Madrigal les impressionnera.

L'ensemble de ski de Madrigal est ravissant.

La veste et le pantalon, taillés dans un riche tissu écossais vert et rouge, sont bordés de velours noir. Madrigal donne le ton. Toutes les autres filles auront l'air démodées.

Y inclus la sœur jumelle de Madrigal.

Marie-Louise porte un ensemble d'un turquoise éclatant. Cette teinte, qui lui avait paru magnifique, qui contrastera avec les jaunes, orange et verts des ensembles des autres skieuses, semble maintenant criarde.

Elle a honte de ce turquoise. Elle le trouve trop voyant, vulgaire.

En fait, Marie-Louise a l'impression que sa sœur et elle n'ont pas commencé leur vie en deux moitiés égales, mais que Madrigal s'est approprié les neuf dixièmes de la personnalité des jumelles.

Elles peuvent bien se coiffer de la même façon, porter le même rouge à lèvres, rejeter la tête d'un même mouvement pour rire pareillement... mais, Madrigal a quelque chose de plus.

Marie-Louise est saisie de désespoir. Elle espère que Madrigal ne lit pas dans ses pensées en ce moment. Que se passera-t-il si cette dernière apprend qu'elle est dévorée de jalousie ?

Les sentiments de Madrigal ne varient pas, eux. Même maintenant, durant cette discussion, elle se penche pour embrasser légèrement la joue de sa sœur.

— D'accord, d'accord, je vais skier, dit Marie-Louise. Mais on fait mieux de ne pas se casser une jambe.

— J'ai trop à faire pour perdre du temps dans un hôpital, réplique Madrigal en riant.

Elle pense à Jean Poirier.

Les joues de Marie-Louise s'empourprent. La jalousie interdite souffle comme un blizzard sur son cœur.

Peut-être que c'est ça qui la rend différente aux yeux des gens. Peut-être que le fait d'avoir un garçon dans sa vie rend l'esprit de Madrigal si léger que tout le monde veut s'agripper au bord de son cœur pour une promenade gratuite vers l'amour.

Marie-Louise ne sait plus ce qu'est l'amour. Sa sœur l'a écartée, ses parents l'ont éloignée. Si on ne peut pas compter sur l'amour de sa famille, peut-on compter sur l'amour d'un garçon inconnu ou de qui que ce soit ?

Il y a plusieurs centaines de garçons dans le pensionnat voisin. L'un d'entre eux plaît-il à Madrigal ? Pourquoi Madrigal, qui se dit très amoureuse de Jean Poirier, s'intéresserait-elle à un autre ?

Est-ce qu'elle rencontrera un garçon aussi extraordinaire que Jean Poirier ? Car il doit être extraordinaire, sinon Madrigal ne l'adorerait pas autant.

— Est-ce que vous parlez de moi, Jean Poirier et toi ? demande-t-elle à sa sœur.

Madrigal se détourne d'elle pour se regarder dans le miroir.

— Non.

Madrigal sourit à son reflet dans le miroir, et le reflet, bien sûr, sourit en retour, également satisfait. Les lèvres de Madrigal remuent à nouveau et Marie-Louise lit :

— Miroir, miroir, dis-moi qui est la plus belle !

Marie-Louise se sent glacée.

— Mais Jean Poirier doit poser des questions, dit vivement Marie-Louise. Tout le monde veut savoir à quoi ça ressemble d'être de vraies jumelles.

— Je suis sûre qu'il se pose des questions, dit Madrigal en lui lançant un regard dur. Mais il a la politesse de ne rien demander.

Marie-Louise est estomaquée.

— Je ne pense pas qu'il croie vraiment que j'ai une jumelle, dit Madrigal en riant. Il est amoureux de moi. Il dit : « Deux Madrigal ? Impossible ! »

Madrigal sort en dansant. Elle est accueillie par des cris d'admiration.

L'autobus du pensionnat transporte les skieuses et leur équipement au bas des pentes.

Madrigal n'attend pas Marie-Louise. Elle blague et rit avec son groupe de nouvelles amies.

Soudain, elle s'arrête. La peur fige ses pensées. Une onde l'a atteinte : « Marie-Louise, viens ! »

Madrigal l'appelle par la merveilleuse voie des ondes de jumelles.

« Madrigal s'est dit que j'étais seule et perdue sans elle, pense Marie-Louise. Alors, on est de nouveau ensemble, de nouveau des sœurs jumelles, qui communiquent sans parler ! »

Madrigal entre dans le chalet et Marie-Louise la rejoint en courant.

— Je savais que tu viendrais, disent-elles toutes les deux ensemble.

— J'avais peur qu'on ne puisse plus le faire, Malou.

— Moi aussi, dit Marie-Louise, les yeux pleins de larmes.

Les sœurs s'embrassent. Leur joie est presque trop forte.

Madrigal entraîne Marie-Louise dans les toilettes des filles.

— Je me sens coupable d'avoir un si bel ensemble alors que tu as cette chose voyante. Écoute, Malou, on va échanger nos ensembles. À toi d'être la star. C'est ton école. Je ne sais pas ce qui m'a pris d'essayer d'entrer dans ta vie.

Comme Marie-Louise aime sa sœur !

— D'accord, dit-elle. Il te va si bien.

— Alors, il t'ira aussi bien, ma vraie jumelle ! dit Madrigal en riant.

Elles enlèvent rapidement leurs ensembles.

— Tu seras moi, dit Madrigal en remontant sa fermeture éclair.

— Qu'est-ce que tu veux dire ?

Madrigal a un sourire malin, et Marie-Louise sourit de la même façon, sans y rien comprendre.

— Rejoins-les et fais-toi passer pour moi, dit Madrigal. Tu seras celle qu'elles veulent. Tu ris avec elles et tu fais la folle. Puis, ce soir, quand elles auront été complètement confondues, on leur racontera notre petit tour de passe-passe. Elles seront stupéfaites. Elles trouveront ça très drôle. Ça t'aidera, je te le promets. Ça te donnera un nouveau départ.

Madrigal lève les mains pour saisir celles de sa sœur et, bien sûr, les mains de Marie-Louise se sont levées en même temps. À la manière des jumelles, elles ont toutes les deux choisi de porter une bague à l'annulaire de leur main droite, du vernis à ongles transparent, pas de montre et deux minces bracelets en argent.

Madrigal pousse gentiment Marie-Louise hors de la pièce, vers le groupe qui attend.

Marie-Louise est aussitôt entourée de camarades.

— Madrigal ! Que t'est-il arrivé ? Où étais-tu ?

— Allons-y !

— On perd du temps !

— La neige nous attend !

Tant d'exclamations. Tant d'excitation. Tout ça parce qu'elles pensent qu'elle est quelqu'un d'autre.

Chapitre 3

La fausse Madrigal avance lentement vers le téléski, entourée de filles qui lui offrent de la gomme à mâcher et des bonbons, qui rient et la bousculent amicalement. Ce sont les mêmes filles qui lui semblaient des requins assoiffés de son sang auparavant.

« Y a-t-il un plus beau mot qu'amies ? » se demande Marie-Louise.

Elle sursaute. Bien sûr qu'il y a un plus beau mot. « Jumelles » est plus beau, beaucoup plus beau.

Elle cherche du regard la fausse Marie-Louise. N'étant pas ralentie par un groupe, sa sœur est déjà arrivée aux téléskis. De nombreuses personnes attendent en file, mais aucune ne s'avance pour partager le siège avec elle.

Balancée par le téléski, vêtue de l'ensemble turquoise, la silhouette solitaire s'éloigne.

Marie-Louise se sent terriblement désolée pour cette fille.

« Tu es Madrigal, maintenant, se dit Marie-Louise. Cesse de te préoccuper de cette fille insignifiante. Ce soir, elle disparaîtra. Tu cesseras d'être la pitoyable Marie-Louise, car tu seras la jumelle populaire. »

Mireille entraîne le groupe vers les téléskis.

— Madrigal, on a un autre congé en mars. Est-ce que tu reviendras nous voir, alors ? demande-t-elle. Ou bien est-ce que ça te plairait de voyager avec moi, durant les vacances ? On ira à la mer. Tu viendras, hein ?

Mireille parle avec assurance, certaine que son invitation est irrésistible.

— Honnêtement, Madrigal, on a été stupéfaites quand on a découvert qu'il y avait une vraie jumelle, dit Brigitte.

— Tu n'es pas du tout comme ta sœur, affirme Mireille.

— Toi, tu es intéressante, ajoute Brigitte.

Marie-Louise fait semblant d'être occupée à détacher ses cheveux. Là-haut, sa sœur jumelle fait le mouvement inverse et repousse des mèches de cheveux sous sa tuque.

— C'est étonnant à quel point vous êtes différentes, ta sœur et toi, dit Mireille.

« Elles ne prennent même pas la peine de prononcer mon nom », se dit Marie-Louise.

— Je voudrais que ce soit toi la pensionnaire, on s'amuserait tellement, dit Brigitte.

« C'est trop tard, se dit Marie-Louise. Je n'aurai pas une deuxième chance. C'est fichu pour Marie-

Louise. Elle n'est pas intéressante, personne ne l'invitera jamais.»

Lorsque ces filles connaîtront la vérité, elles seront fâchées. Et Marie-Louise n'aura pas plus d'amies. Oh ! Madrigal s'en tirera bien ! Elles la trouveront brillante et drôle d'avoir manigancé le petit tour. Mais à l'instant où elle s'en ira, la vie solitaire de Marie-Louise reprendra.

« Je ne veux pas que Brigitte et Mireille m'aiment parce que je suis une autre. Je veux vraiment être une personne unique, comme papa et maman le souhaitent, et je veux être une personne unique, aimée par des amis à moi.»

Elle voit tout clairement. Ses parents ont raison. Ils agissent par bonté, non par cruauté. Deux personnes vivant et bougeant comme une seule, c'est malsain.

« Au prochain congé, je rentrerai à la maison, décide-t-elle. J'essaierai de convaincre papa et maman de revenir sur leur décision. Je suis prête à jouer à d'horribles sports et à étudier l'histoire de la guerre froide, s'il le faut. Je me chargerai du ménage du garage et du changement d'huile de l'auto. Je suis prête à faire n'importe quoi pour qu'ils me permettent de rentrer à la maison.»

La lumière du soleil se réverbère sur la neige et les éblouit.

Les téléskis continuent à déposer leur charge de skieurs au sommet de la montagne.

Et puis il y a un arrêt.

Un arrêt durant lequel Marie-Louise sent grandir en elle le désir de rentrer à la maison. Il lui semble que c'est écrit dans le ciel, tout autant que dans son cœur.

Un arrêt durant lequel la fausse Marie-Louise, qui est en fait Madrigal, paraît prisonnière de son téléski, seule et abandonnée.

Le siège sur lequel elle est assise avance brusquement, et la mince tige de métal qui le relie au câble se brise net.

Le siège bascule, comme si des mains invisibles le secouaient. Des jambes revêtues de turquoise battent l'air, une tuque frappe la barre de protection, puis la fille tombe comme une pierre silencieuse.

Madrigal ! Ma sœur jumelle ! Non !

— Non ! hurle Marie-Louise.

Elle ne peut pas courir avec des skis aux pieds. Elle qui sait communiquer par la pensée avec sa sœur crie chacun des mots qui doivent arrêter la chute :

— Non ! Retiens-toi ! Ne tombe pas !

Elle réussit à dégager un de ses pieds de la lourde botte. Elle va courir plus vite que personne ne l'a jamais fait. Elle va se placer à l'endroit où sa sœur va tomber. Elle l'attrapera au vol et la sauvera…

Mais elle n'a même pas le temps d'ôter sa deuxième botte.

Sa sœur ne pivote qu'une fois et puis, tête la première, elle tombe. Elle ne tombe pas sur de la neige moelleuse, ni les pieds d'abord, ni dans des bras protecteurs, mais malheureusement sur les rochers nus qui séparent les pentes.

Ça ne prend qu'un instant pour mettre fin au règne des vraies jumelles.

La montagne n'a eu aucun respect pour leur lien particulier.

* * *

— Ne regarde pas ! lui crie Mireille en la retenant.

— Tu ne dois pas aller là-bas, dit Brigitte.

Marie-Louise lutte pour se libérer.

— C'est ma sœur ! C'est ma jumelle !

Les moniteurs de ski sont devenus instantanément des sauveteurs.

« Il faut qu'elle vive ! se dit Marie-Louise. Si Madrigal meurt, je mourrai aussi. Je le sens. Mon cœur cessera de battre, mon cerveau cessera de penser. Elle doit être vivante, puisque je le suis. »

Soudainement, elle est entourée d'adultes qui essaient de l'emmener au chalet, essaient de l'empêcher de voir l'endroit de l'accident et lui disent qu'elle ne peut rien faire.

— Arrêtez ! hurle-t-elle en les repoussant. Laissez-moi passer !

Madame Soriol rejoint le groupe.

— Qui est blessée ? demande-t-elle.

— Marie-Louise, répond Brigitte. Oh ! madame Soriol, c'est Marie-Louise, et elle n'a jamais été heureuse ici !

Brigitte éclate en sanglots.

Les sauveteurs ont sanglé la victime dans un long traîneau orange, semblable à un canot. Lorsqu'ils descendent la pente avec le traîneau, les skieurs s'écartent, comme s'ils étaient en présence de quelque chose de spécial. Et ils le sont. Car l'être qui respirait, qui souffrait et se réjouissait dans ce corps, ne l'occupe plus désormais. La fille étendue dans le traîneau n'est qu'une forme inerte sous la couverture.

— Est-elle... Est-elle... demande Madame Soriol.

— Morte, chuchote Brigitte.

Morte.

Marie-Louise essaie de comprendre ce mot, mais il n'a rien à voir avec elle ou sa famille, et certainement pas avec sa sœur. Le cri strident d'une sirène signifie qu'on se dépêche de venir sauver Madrigal, bien sûr. Il faut qu'on sauve Madrigal. Elle est sa vraie jumelle, et la vie ne peut pas continuer sans elle.

Le directeur du pensionnat des garçons s'avance vers Marie-Louise.

— Madrigal ? lui dit-il gentiment.

— Marie-Louise, dit-elle en secouant la tête.

— Oui, Marie-Louise a eu un terrible accident. Marie-Louise...

Même le directeur a de la difficulté à finir sa phrase :

— ... est morte.

— Non, bredouille-t-elle. Non, elle ne l'est pas. Vous voyez…

Mais il ne voit pas. Il décide qu'il est préférable, pour déclencher le processus de deuil, de lui permettre de toucher le corps de sa sœur, de voir les terribles blessures et de se rendre compte que sa sœur est réellement morte.

Cela n'est vraiment pas le déclencheur idéal puisque Marie-Louise se met à hurler et à sangloter en voyant ce qu'est devenue sa chère sœur.

Les sauveteurs prennent la situation en main et, lorsque l'ambulance arrive, ils y installent la sœur vivante, non la morte, pour l'emmener à l'hôpital.

— À présent, Madrigal, une petite piqûre va te permettre de te détendre juste assez pour passer la nuit, dit l'infirmière. Tes amis sont tous ici et attendent de venir te voir. Nous avons appelé tes parents et ils ont pris des arrangements pour arriver au plus vite.

— Marie-Louise, répète-t-elle pour la centième fois.

— Oui, c'est bien triste, dit l'infirmière. Je n'ai pas de sœur jumelle, mais j'ai toujours désiré en avoir une et, quand j'étais enceinte, je souhaitais chaque fois que ce soit des jumeaux.

La piqûre fait vite effet, et Marie-Louise sombre dans l'inconscience, songeant que la mort ressemble peut-être à cela. Un tourbillon descendant. Au fond, elle retrouvera peut-être Madrigal. Ou alors, elle fait peut-être un cauchemar, et lorsqu'elle se réveillera, Madrigal sera près d'elle.

« Je dois prévenir Jean Poirier », se dit Marie-Louise juste avant de perdre connaissance. « Il l'aime, et je dois lui apprendre qu'elle n'existe plus. »

Lorsque Marie-Louise se réveille au matin, elle s'aperçoit qu'elle est dans une chambre beige, sous des draps immaculés. Un autre lit est placé près du sien. Vide.

« Je veux que Madrigal soit dans ce lit, se dit Marie-Louise. Je veux qu'elle soit vivante. Je veux que tout ceci ne soit qu'un cauchemar. Suis-je dans l'aile psychiatrique ? Si j'ai fait quelque chose de honteux ou de terrible, d'accord, pourvu que ma sœur jumelle vive. »

— Bonjour, Madrigal, dit une infirmière en entrant.

— Marie-Louise !

L'infirmière est suivie par une femme médecin qui lui ressemble étrangement, avec ce même sourire impersonnel plaqué sur le visage.

— Oui, Marie-Louise est morte, Madrigal, dit la femme médecin en prenant sa main comme pour la consoler, mais elle tourne son poignet pour prendre son pouls. C'est une terrible tragédie. Tes parents sont en route. Je leur ai parlé hier soir.

— Avez-vous dit à mes parents que Marie-Louise est morte ? demande Marie-Louise, bouleversée.

C'est affreux. Elle aurait au moins pu appeler ses parents elle-même pour leur apprendre la nouvelle. Quelle mauviette elle est ! Ses pauvres parents, assis dans un avion, pleurant la mort de Marie-Louise.

Madrigal, ou ce qu'il en reste, repose probablement dans ce même hôpital. Ils ont dû lui enlever son ensemble turquoise et la vêtir de... Non ! Elle ne porte rien. Son corps nu est posé sur le métal glacé. Madrigal ne sentira plus jamais rien.

C'est horrible. Marie-Louise ne peut pas rester dans cet hôpital.

— Je dois rentrer au pensionnat, dit-elle en pleurant sans retenue.

— C'est bien, dit le médecin. C'est ce que nous voulons, Madrigal, que tu sois courageuse. Des sœurs jumelles ! Mon Dieu ! C'est doublement douloureux pour toi. Les camarades de dortoir de ta sœur vont venir te chercher. Brigitte et Mireille te tiendront compagnie. Ne t'inquiète pas, tu ne seras pas toute seule, Madrigal.

— Je suis Marie-Louise, proteste-t-elle faiblement. Vous voyez...

— Chut ! Tes parents m'ont déjà parlé de votre problème. Vous vous identifiez trop l'une à l'autre. Ça arrive. Les parents font des erreurs, et tes parents ont eu leur lot. Des sœurs jumelles, ce n'est pas facile à élever. Vous séparer a été une bonne décision.

Brigitte et Mireille se glissent dans la chambre.

— Madrigal ? murmurent-elles.

C'est trop fatigant de les contredire. Pourquoi discuter avec Brigitte et Mireille ? Pourquoi discuter avec qui que ce soit ? Dans quelques heures, ses parents arriveront et, dès qu'ils la verront, ils sauront qu'elle est...

... la fille qu'ils n'ont pas voulu garder avec eux à la maison !

Celle qui est morte était leur fille préférée.

Est-ce qu'elle pourra supporter le choc de sa mère lorsque celle-ci comprendra que c'est Madrigal qui est morte ? Est-ce qu'elle pourra supporter de lire sur le visage de son père la déception qu'il ne leur reste que Marie-Louise ?

Une crainte plus horrible que la peine qu'elle ressent d'avoir perdu sa sœur l'enveloppe maintenant. Et si ses parents souhaitaient qu'elle, Marie-Louise, ait été à la place de Madrigal ? Et si, se rendant compte que Marie-Louise est vivante... ils étaient désolés ?

Comme une somnambule, elle marche entre Brigitte et Mireille. Celles-ci n'ont pas pensé à apporter des vêtements de rechange, et elle porte donc l'ensemble de Madrigal. En chemin, elles sont arrêtées par des gens :

— Oh ! pauvre Madrigal ! Tu as perdu ta sœur. On est désolés pour ce qui est arrivé à Marie-Louise.

Lorsqu'elles atteignent enfin le dortoir, Marie-Louise voudrait rester seule. Mais le pensionnat n'est pas le genre d'endroit qui permet la solitude.

Elle enlève l'ensemble de Madrigal en se disant qu'elle le brûlera lorsqu'elle sera rentrée chez elle. Elle ouvre sa commode pour y trouver quelque chose de noir à porter.

— Madrigal, voyons! s'exclame Mireille. Tu ne peux pas commencer à t'habiller avec les vêtements de ta sœur!

— Tiens! Porte cette jolie jupe, propose Brigitte, qui a ouvert la valise de Madrigal.

— Je vais mettre des jeans, dit Marie-Louise. Brigitte, je te remercie de ton aide, mais je préférerais rester seule.

— Tu ne peux pas rester seule. On l'a promis au médecin, dit Mireille.

— Pourquoi?

— Parce qu'elle ne veut pas que tu décides de rejoindre ta sœur. Elle dit que les sœurs jumelles ont parfois de drôles d'idées.

On leur a dit de lui tenir compagnie pour qu'elle ne se suicide pas.

— Ce n'est pas mon genre, ni celui de ma sœur. Elle aimait la vie, dit Marie-Louise.

— En fait, elle n'était pas très heureuse, dit Brigitte.

— Et elle n'aimait certainement pas la vie au pensionnat, ajoute Mireille.

«Malou, tu seras Madrigal.»

Et elle l'est. Tout ce que ça prend pour créer l'illusion, ce sont les vêtements appropriés.

Mireille et Brigitte lui parlent librement, certaines qu'elles offrent leur réconfort à Madrigal.

Marie-Louise veut désespérément que ses parents soient là. Elle se tient près de la fenêtre, pour surveiller leur arrivée. Ils viendront en taxi de l'aéroport. Elle courra se jeter dans leurs bras.

Plus rien ne peut ramener Madrigal à la maison.

Mais sûrement, sûrement qu'il y aura assez d'amour pour ramener Marie-Louise chez elle !

Chapitre 4

De la fenêtre du dortoir, elle voit s'arrêter le taxi. La directrice s'avance vivement pour accueillir ses parents, la main tendue, comme si elle voulait les féliciter de la mort d'une de leurs filles.

Ses parents sont de frêles silhouettes découpées sur la neige. S'accrochant l'un à l'autre, ils suivent la directrice vers son bureau. Elle va leur apprendre les détails de l'accident et les arrangements qui ont été pris.

— Madrigal, tu devras être brave. Tes parents ont besoin de toi, dit Brigitte.

— Au moins, ils t'ont, dit Mireille. C'est déjà une chose terrible de perdre un enfant, mais Marie-Louise devait être la fille qu'ils n'aimaient…

— Mireille ! s'écrie Brigitte. Chut !

— Je veux seulement dire que, lorsqu'on envoie une jumelle au pensionnat et qu'on garde l'autre à la maison, ça peut signifier que…

— Mireille ! Tais-toi ! dit Brigitte.

« Mais c'est vrai, se dit Marie-Louise. Ils se sont

débarrassés de Marie-Louise. Maintenant, ils n'ont plus qu'à s'en débarrasser définitivement.»

Elle se met à trembler. Brigitte enlève une couverture de son lit et l'en enveloppe.

— Pauvre Madrigal ! Sois brave, fait-elle.

«J'aurais pu être amie avec cette gentille fille, se dit Marie-Louise. Je n'ai pas essayé. Je voulais être un phénomène sans faire d'effort.»

«Malou, tu seras Madrigal.»

Qu'est-ce que ça voulait dire ?

Elle sait, parce que sa sœur était saine d'esprit, que Madrigal ne voulait pas mourir. Elle ne voulait donc pas dire que Marie-Louise devait vivre sa vie. Mais l'occasion s'est présentée. Peut-être était-ce un besoin aussi. Et si ses parents avaient vraiment besoin de Madrigal... et n'avaient pas besoin, et ne voulaient pas de Marie-Louise ?

Pendant un instant terrible, Marie-Louise considère la possibilité de continuer sa vie en prétendant être Madrigal.

Pendant un instant terrible, Marie-Louise se voit dans la vie de Madrigal : populaire, sortant avec Jean Poirier, la fille unique, la merveille de ses parents.

Combien cette vie serait meilleure que celle qu'elle a présentement ! Comme elle serait plus amusante et excitante ! Comme...

Marie-Louise enfouit son visage dans la couverture. Elle a appris beaucoup pendant cette année difficile. Elle sait mieux qui elle est et ce qu'elle veut devenir. Rejeter tout cela ? Être une autre ?

Mais bien sûr, elle était déjà à moitié une autre.

Elle rabat la couverture et se regarde dans le miroir placé au-dessus du bureau de Mireille.

La fille qu'elle aperçoit, les yeux rougis de larmes, ressemble exactement à Madrigal, bien sûr. Personne ne le saurait si…

« Folie ! Maman m'a donné naissance. Elle saura ! Je suis son bébé, sa fille, sa première-née, en fait, puisque je suis arrivée vingt-quatre minutes avant Madrigal. »

En bas, la porte s'ouvre. Ses parents suivent tristement la directrice qui se dirige lentement vers le dortoir.

« Mais qu'est-ce que je fais si elle ne me reconnaît pas ? Et si ma propre mère me prend dans ses bras sans pouvoir dire laquelle de ses jumelles je suis ? Et si je devais me présenter moi-même ? Bonjour, maman, je suis Marie-Louise ! »

« Malou, tu seras Madrigal. »

Est-ce amoral de prendre la vie, le nom et le monde de quelqu'un d'autre ? Est-ce que c'est ce que Madrigal aurait voulu ? Est-ce que c'est ce que ses parents voudraient ?

Elle essaie d'imaginer qu'elle choisit la vie de Madrigal.

Une autre pensée lui vient à l'esprit : le petit ami !

Bien sûr, Jean Poirier découvrira la supercherie. Il se rendra compte qu'elle ne se souvient d'aucun de leurs rendez-vous ; que ces lèvres ressemblent peut-être à celles qu'il a déjà embrassées, mais que celles-ci n'ont jamais été embrassées par un garçon, encore moins par lui.

Elle essaie d'imaginer Jean Poirier, mais ne peut penser qu'à Vincent. Immédiatement, il lui manque.

Sonia et Vincent ne sont pas des jumeaux, et pourtant ils sont dans la même classe. À la fin de la première année du primaire, comme Vincent était hyperactif, les enseignantes de deuxième n'avaient pas voulu de lui tout de suite. Personne ne s'en douterait aujourd'hui. Vincent est devenu un élève modèle. Il joue au water-polo et il porte des vestons marine avec des pantalons kaki. Ses fins cheveux blonds forment une frange de soie sur son haut front.

« Comment est-ce que je peux rêver à Vincent alors que ma sœur est morte ? » pense-t-elle.

Elle se demande si Jean Poirier le sait, si la nouvelle s'est répandue. Mais, bien sûr, il croit que c'est Marie-Louise qui est morte. Tout le monde le croit.

La directrice pousse la porte du dortoir et la tient ouverte pour ses parents.

Marie-Louise se tourne vers la porte comme une prisonnière face à ses juges. Elle va laisser jouer le destin ; elle va laisser son père et sa mère décider qui elle est.

S'ils reconnaissent qu'elle est Marie-Louise, s'ils savent qui est morte et qui est vivante, alors elle pourra être Marie-Louise.

Mais s'ils ne savent pas...

Si Marie-Louise leur est si peu nécessaire qu'ils

ne sentent pas, ne voient pas, ne savent pas instantanément…

« Malou, tu seras Madrigal. »

… alors elle sera Madrigal.

Brigitte se précipite vers eux. Elle croit sans doute qu'une bonne camarade a le devoir de se présenter aux parents affligés.

— Madrigal est si bouleversée, dit-elle. Dieu merci, vous êtes ici. Elle a tellement besoin de vous.

« Madrigal, je te prie de ne pas m'en vouloir ! Quoi qu'il arrive maintenant, s'il te plaît, pardonne-moi. Pardonne-moi d'être celle qui continue de vivre. »

Ses parents s'avancent.

Sa mère a une étrange lueur dans les yeux. Avec une sorte de fol espoir, elle regarde sa fille. « Qu'est-ce que tu espères, maman ? se demande Marie-Louise. Je veux te donner ce que tu veux ! Je t'aime tant. C'est toi qui choisis. Je vais être la fille que tu désires voir vivante. »

Mais sa mère ne dit rien. Elle tend plutôt les bras ; ses merveilleux bras qui représentent réconfort, amour et sécurité. Marie-Louise se jette dans les bras ouverts. Dans ces bras, le monde est bon et sûr ; personne ne meurt et personne n'est meurtri.

— Oh ! maman ! murmure-t-elle. Oh ! maman !

Son père glisse ses doigts dans ses cheveux, comme il l'a toujours fait, l'agrippant fermement à la manière d'un homme préhistorique.

— Tu as vu comment c'est arrivé, ma chérie ?

demande-t-il. Est-ce que ce fut terrible ? Est-ce que ce fut rapide ? A-t-elle crié ?

Marie-Louise ne peut pas parler. Sa gorge est serrée ; elle ne peut que pleurer. « Qui suis-je ? se demande-t-elle. Dites-moi qui je suis. »

Étreinte par ses parents, elle attend qu'on lui donne un nom. C'est comme si elle attendait d'être baptisée.

— On a tenu compagnie à Madrigal, dit Mireille.

— On ne voulait pas que Madrigal reste seule, ajoute Brigitte.

— On pourrait empaqueter les effets de Marie-Louise, propose Mireille. Au bout de plusieurs années de pensionnat, je suis devenue experte pour faire les valises. Et Madrigal ne devrait pas avoir à se préoccuper de ça.

— Ou si c'est trop triste pour vous, on pourrait les envoyer à l'Armée du Salut, ajoute Brigitte.

— Nous vous sommes reconnaissants de ce que vous avez fait pour nos deux filles, dit la mère de Marie-Louise. Si vous empaquetiez les effets de Marie-Louise, cela nous rendrait service. Vous pouvez tout expédier chez nous.

Marie-Louise s'écarte de ses parents. Pour eux, comme pour Mireille et Brigitte, c'est Marie-Louise qui est morte, et ses effets personnels doivent être envoyés, de la même façon que la fille elle-même avait été envoyée en pension.

Sa mère pousse un drôle de petit soupir et son père a un étrange petit frisson. Ils ne la serrent plus dans leurs bras. Lorsqu'elle est capable de voir à travers la brume de sa peur, ses parents sont en train de fouiller dans les effets de la fille qu'ils croient morte : les vêtements de Marie-Louise.

— Madrigal ? dit la directrice.

Elle se sent elle-même sous sa peau, derrière ses yeux, sous sa chevelure. Elle sent son âme et son passé. « Est-ce que je devrais être Marie-Louise ? » se demande-t-elle dans le silence de sa terreur.

— Madrigal ? répète la directrice.

Avec des yeux si terrifiés qu'ils ne voient rien, elle fait face à un nouvel avenir et à un autre passé. « Je suis morte, se dit Marie-Louise. Madrigal vit. »

— Oui, répond-elle à la directrice et à toutes les personnes présentes.

Chapitre 5

Pendant le long voyage silencieux qui la ramène chez elle, Marie-Louise songe à Madrigal. Il y aura des funérailles, mais le nom de Madrigal ne sera pas prononcé. Va-t-on vraiment dans l'autre monde si on est enterré sous un faux nom ? Madrigal lui pardonnera-t-elle cela ? Est-ce que Madrigal voudra de cette étrange immortalité, de cette vie qui sera la sienne vécue par une autre ?

L'agent de bord lui donne un oreiller. Marie-Louise s'y cache le visage et pleure.

« Madrigal, comment est-ce que je pourrai continuer sans toi ?

« Comme ça ?

« En devenant toi ? »

Elle est incapable de parler à ses parents. Ce sont sa mère et son père et, en même temps, ce sont des étrangers. Comment des parents peuvent-ils ne pas reconnaître leur enfant ?

Elle meurt d'envie d'entendre sa mère l'appeler Marie-Louise, mais… et si sa mère ne regrettait pas que Marie-Louise soit partie... et si sa mère ne pouvait pas supporter d'avoir perdu Madrigal ?

Des pensées contradictoires s'entrechoquent sans arrêt dans sa tête et sont, sans arrêt, emportées par des torrents de larmes versées sur sa sœur disparue.

Lorsque le long voyage prend fin et qu'ils arrivent à la maison, Marie-Louise pense à ne pas entrer dans sa chambre à moitié vide, mais dans celle de Madrigal. Elle se brosse les cheveux non pas avec sa propre brosse, mais avec celle qui est posée sur la commode de Madrigal.

— Bonne nuit, Madrigal, dit son père.

— Bonne nuit, papa.

— Est-ce que ça ira, Madrigal ? demande sa mère.

— Oui, maman. Et toi ?

Ils se regardent, tous les trois, à la façon dont on regarde un handicapé. « Où est son bras ? » se demande-t-on en détournant les yeux.

« Où est ma sœur jumelle ? » se demande Marie-Louise.

* * *

La communion d'esprit continue jusqu'à l'instant final de l'existence matérielle de sa sœur. Ses parents choisissent la crémation.

— Je ne veux pas que vous fassiez ça ! s'écrie Marie-Louise.

— Certaines choses doivent être... commence son père.

Il y a un lourd silence, et elle sait que le mot qu'il voulait prononcer est « détruites », mais il utilise un euphémisme et dit :

— … terminées.

La crémation.

Brûler pendant une heure et demie dans une fournaise. Les vagues de chaleur et de terreur sont insupportables.

Elle les sent toutes.

Son père et sa mère lui disent que c'est impossible, mais ils ne savent rien ; ils n'ont jamais rien su. Ce sont des gens ordinaires qui n'ont jamais été un « nous ».

« Je ne suis pas morte », se dit Marie-Louise.

Cependant, elle se sent morte ; elle se sent brûlée et en cendres et dispersée dans le vent.

Les noms Madrigal et Marie-Louise se cognent l'un contre l'autre avec un bruit de couteaux. Elle ne sait plus comment se nommer elle-même.

Tout la fait souffrir : ses membres, sa tête et son cœur.

Elle est tellement seule.

Elle croyait souffrir d'être séparée de Madrigal par trois mille deux cent dix-huit kilomètres. Ce n'était rien comparé à la séparation de la mort.

Elle ne peut pas assez pleurer pour venir à bout de ses larmes, et toujours la peine revient.

Il y a foule aux funérailles, surtout beaucoup d'élèves qui ont choisi cette occasion de manquer l'école ou qui sont fascinés par la mort, par le phénomène des sœurs jumelles ou qui veulent voir Madrigal dans sa nouvelle vie et qui veulent la consoler. Et peut-être y en a-t-il quelques-uns — mais peu, car sa seule amie était sa sœur — qui sont venus dire adieu à Marie-Louise.

Elle pleure sur celle qui n'a pas de funérailles, parce que personne ne sait qu'elle est morte. Madrigal pourra-t-elle trouver le repos éternel ? Pas une parole n'est prononcée pour elle ; on ne parle que de Marie-Louise, qui est vivante.

Elle reste assise, vêtue d'une jolie robe noire appartenant à Madrigal. Au dernier moment, elle a décidé de porter des verres fumés, disant vouloir cacher ses yeux rougis. Elle veut cacher les yeux rougis de Marie-Louise.

Derrière ses verres fumés, elle observe les camarades de Madrigal. Aucun ne s'avance pour lui serrer la main, l'étreindre ou lui parler. Ils ne savent peut-être pas comment se comporter à des funérailles ou ils ont de mauvaises manières ou sont effrayés par la mort.

Si ses yeux n'étaient pas dissimulés, on les verrait pleins de larmes. « Marie-Louise est morte ! pense-t-elle. Personne ne peut-il donc venir me dire qu'il est désolé ? Vous pensez que c'est moi ! N'ai-je pas droit à au moins un mot de regret ? Est-ce que vous ne pouvez pas rassembler votre courage pour dire que vous êtes tristes pour Marie-Louise ? »

Mais les gens ne parlent pas de Marie-Louise. Même morte, elle n'est que l'autre jumelle, celle qui a été envoyée en pension. Les amis de ses parents et les parents des camarades d'école lui tapotent l'épaule en disant:

— Pauvre Madrigal ! Sois brave !

Puis ils disent à ses parents:

— C'est tellement affreux. Nous sommes si désolés. Que pouvons-nous faire pour vous ?

Sa mère se contente de sourire doucement et son père de plisser le front pour empêcher ses yeux de se remplir de larmes. Et la file des participants avance.

Personne ne se présente sous le nom de Jean Poirier. C'est angoissant, car il doit sûrement être là ! Ce sont les funérailles de la sœur de sa petite amie. Il doit sûrement être là ! Mais il a peut-être deviné son secret. Il est peut-être déjà passé devant elle, et elle ne l'a pas remarqué ni n'a rien ressenti.

Elle aperçoit Sonia et Vincent. Son cœur bondit de joie, et elle aspire au plaisir paisible de leur compagnie. Mais ils s'en vont sans lui parler.

« Est-ce ainsi que des funérailles doivent être ? se demande-t-elle. Ça ne se peut pas ! C'est tellement froid ! »

Une terrible indifférence semble planer sur le destin de Marie-Louise.

« Repose en paix. Personne ne te pleurera. »

De retour à la maison, elle se retrouve dans la chambre de Madrigal, se regardant dans le miroir de Madrigal, enlevant les vêtements de Madrigal.

C'est l'ultime intrusion et, en même temps, l'ultime communion.

Elle espère recevoir un message de sa sœur jumelle par delà la mort.

Mais si ça existe entre des jumeaux, ce n'est pas le cas pour elles.

Les jours passent.

Les nuits finissent.

D'autres jours viennent.

Ses parents ne parlent pas de leur fille morte. Marie-Louise pourrait n'avoir jamais existé. Toute leur sollicitude va à la survivante.

— Est-ce que ça va, ma chérie ?

— Te sens-tu plus toi-même ?

— Veux-tu qu'on aille faire des courses, demain ? On te trouvera de nouveaux vêtements.

— Te sens-tu prête à retourner à l'école ?

Alors elle invente le message que lui enverrait sa sœur morte, si celle-ci pouvait communiquer avec elle. Et le message est le suivant : « Malou, tu seras Madrigal. Tu seras celle qui est populaire, qui vit à la maison et qui a maman, papa... et Jean Poirier. »

Celle qui a tout.

Tout le monde dit qu'il veut tout avoir.

Mais Marie-Louise a tout maintenant, et elle n'en veut pas. Elle voudrait partager ce tout avec Madrigal, le couper en deux, le rendre.

« Est-ce que je suis une espèce de meurtrière mentale, ai-je poussé ma sœur hors du téléski par la force de ma volonté ? Est-ce que j'ai rêvé tout ça parce que j'ai désiré avoir la vie de Madrigal ? »

— On pense que tu devrais retourner à l'école demain, Madrigal, dit sa mère.

L'école de Madrigal. Le petit ami de Madrigal, qu'elle n'a jamais vu, même pas en photo. Cependant, si ses parents ne se doutent de rien, comment Jean Poirier le pourrait-il ?

« Je peux réussir. Je peux tout avoir », se dit Marie-Louise.

— Oui, je retournerai à l'école demain, dit-elle à sa mère.

Chapitre 6

Le trajet jusqu'à l'école n'est pas facile. Elle ne sait pas exactement qui elle est, qui tient le volant, qui appuie sur l'accélérateur.

« Je ne suis pas morte, se rappelle Marie-Louise. Même si je suis allée à mes funérailles et si la maison est une forêt de cartes de condoléances pour ma disparition. Je ne suis pas morte. »

Elle se regarde dans le rétroviseur pour s'en assurer. Elle porte un chemisier blanc et une longue jupe noire. Une tenue de deuil romantique. Mais, par-dessus le chemisier, elle a passé une veste rose foncé. Elle a eu des surprises en fouillant dans la garde-robe de Madrigal. Sa sœur avait remplacé les vêtements qu'elles avaient choisis ensemble par d'autres d'un style voyant.

Marie-Louise a eu un choc en se rendant compte qu'en quelques mois Madrigal s'était débarrassée de tous les vêtements qu'elles échangeaient auparavant. Pendant ce temps, Marie-Louise s'était agrippée à tout ce qu'elles avaient en commun, au point de se priver du plaisir de nouvelles amitiés.

Marie-Louise se souvient de l'indifférence de Madrigal quand elle a été envoyée en pension. Elle dépose ce souvenir dans un tiroir secret où elle ne veut plus jamais regarder.

La Séparation a établi très clairement qui parlait et qui n'était qu'un écho, qui décidait et qui imitait. « Je ne peux plus imiter, se dit-elle. Il n'y a plus personne pour donner l'exemple. Je suis Madrigal, maintenant.»

Lorsqu'elle arrive au terrain de stationnement réservé aux élèves, elle ne sait pas où est la place assignée à Madrigal. Elle fait le tour du terrain et se gare finalement dans un espace réservé aux visiteurs. C'est approprié. C'est rare qu'un élève ait été autant un visiteur.

Elle est aussi, se souvient-elle, une amoureuse. Pourquoi Jean Poirier n'est-il pas venu aux funérailles ?

S'il découvre qu'elle n'est qu'un substitut, que fera-t-il ? La détestera-t-il ? La frappera-t-il ? La dénoncera-t-il ?

Elle examine son propre reflet dans le rétroviseur. Elle est magnifique dans cet ensemble fait pour attirer le regard.

Si au moins elle savait quel regard !

Jean s'attend à ce qu'elle sache tout, et elle ne sait rien.

Elle n'est sûre que de quelques détails : sa foulée doit être plus longue, sa démarche autoritaire, son menton plus haut, et son regard ne doit pas s'attarder. Avant tout, elle ne doit jamais hésiter. Une hésitation est un signe de faiblesse.

Lorsqu'elle entrera dans la classe, sa nervosité sera apparente.

Que se passera-t-il si elle est une si pâle copie de Madrigal que tout le monde se détourne d'elle ?

« Je suis Madrigal, se dit-elle. Cette école m'appartient, et Jean Poirier aussi. Quand je marcherai dans ces couloirs, cela deviendra évident. »

Il est dix heures. L'école a commencé à huit heures trente, bien sûr. Mais Madrigal doit faire une entrée remarquée, car Madrigal est un phénomène.

« Si je fais des erreurs, je pencherai la tête et je cacherai mes larmes derrière mes cheveux. J'expliquerai que la mort de ma sœur m'a troublée », se dit-elle.

Ça ne sera pas un mensonge. La mort, cette mort en particulier, est troublante.

Elle tient la poignée de la voiture, comme elle tient ses deux personnalités, avec précaution.

Jean Poirier est peut-être en train de la surveiller. Tout commence dès maintenant. Chaque geste et chaque pensée doivent être dignes de Madrigal. Elle referme la portière et fait le premier pas vers l'école. Elle essaie de se comporter comme Madrigal l'aurait fait. Elle monte les marches et entre dans l'édifice.

— Madrigal ! dit le directeur en se précipitant hors de son bureau, la main tendue. Pauvre Madrigal. Nous avons eu une cérémonie à la mémoire de ta sœur à l'école.

« Une cérémonie, pense Marie-Louise, presque contente. Je me demande ce qu'ils ont dit de moi. Je me demande qui a parlé de moi. »

— Et le lendemain, nous avons eu une minute de silence, ajoute le directeur.

Une minute ? Marie-Louise meurt et on lui consacre une minute ? Elle retire sa main de celle du directeur.

— Tu es bouleversée, dit-il encore. C'est une situation inhabituelle. Aucun d'entre nous ne peut vraiment comprendre tes sentiments. Je veux seulement que tu saches que nous sympathisons avec toi.

— En effet, vous ne pouvez pas comprendre, remarque-t-elle.

C'est la voix de Madrigal, car Marie-Louise n'aurait jamais répliqué à un adulte.

— En effet, Madrigal.

Il a tressailli. Il a peur d'elle.

— Amenez-moi à ma classe, ordonne-t-elle.

Il se met en route et se retourne deux fois pour s'assurer qu'elle le suit.

La première épreuve est passée, car elle ignore bien sûr où est la classe de Madrigal.

Ses enjambées sont mesurées, pour suivre le directeur sans en avoir l'air. C'est un art dans lequel elle excelle, l'ayant beaucoup exercé durant ses années passées avec une sœur jumelle avec laquelle elle luttait pour mener et pour suivre.

« Lutte » est un mot qu'elle n'a jamais employé. Madrigal et elle étaient-elles impliquées dans une lutte dont seule Madrigal était consciente ?

Au bout du couloir, elle aperçoit Vincent. Elle voudrait s'élancer vers lui en criant : « Vincent ! C'est moi, Marie-Louise ! Celle avec qui tu as flirté un après-midi avant qu'ils ne me disent que je devais m'en aller. Vincent, je n'ai plus Madrigal, et j'ai besoin de quelqu'un, parce que personne ne peut rester seul. S'il te plaît, Vincent, sois à moi. »

Mais Vincent, qui doit l'avoir reconnue, prend une posture bizarrement hostile, les pieds écartés, les mains ouvertes, comme un shérif prêt pour un duel, dans un vieux western.

Elle se reprend. Elle n'est pas Marie-Louise. Vincent croit qu'elle est morte. De toute façon, elle va rencontrer Jean Poirier. Elle doit rester dans sa nouvelle vie et oublier son histoire.

Le directeur s'arrête devant la porte ouverte d'une classe, et Marie-Louise s'immobilise juste avant de se cogner à lui. Elle détourne sa pensée de Vincent pour se concentrer sur les nombreux problèmes qui s'annoncent. Aucun nom d'enseignant n'est inscrit sur la porte. Aucun indice de la matière qui est enseignée dans cette classe.

Ils entrent. La pièce ne contient aucun équipement, donc ce n'est pas un cours de science.

Elle jette un coup d'œil à une mer de visages, sans réussir à en distinguer un clairement. Elle se tourne désespérément vers l'avant de la classe. Le tableau est couvert de verbes en anglais.

De nouvelles questions lui viennent : « Madrigal

était-elle bonne en anglais ? Avait-elle une bonne prononciation ? Faisait-elle ses devoirs ? S'entendait-elle bien avec l'enseignante ? Où Madrigal s'asseyait-elle ?»

— Madrigal est de retour, dit le directeur à voix basse.

— Ah ! Madrigal ! dit l'enseignante en joignant les mains devant elle. *I'm so sorry !*

« Comment pouvez-vous être désolée ? se dit Marie-Louise. Vous ne me connaissiez même pas.»

Elle pourrait répondre en anglais, mais ne le fait pas.

— Merci, dit-elle.

Il y a plusieurs pupitres libres. Mais près de qui Madrigal s'asseyait-elle ? Qui étaient ses amis ?

Madrigal et elle se tenaient compagnie.

La perte est soudain si immense qu'elle ne peut plus se maîtriser. Elle se tient parfaitement immobile, mais les larmes coulent quand même et roulent sur ses joues.

« Madrigal ! Reviens ! Il faut que tu sois vivante ! Je t'aime tant !»

— Pauvre Madrigal ! s'écrie une élève. On est si désolés. Quel choc, ça a dû être.

Les autres élèves enchaînent les paroles de réconfort, comme s'ils avaient fait une répétition, mais aucun ne parle de Marie-Louise.

« Je n'ai laissé aucun vide, se dit-elle. Repose en paix, Marie-Louise. Personne ne te regrette.»

Elle se dirige vers le fond de la classe, où elle

s'assied à l'écart. Elle voudrait crier à la face de ces gens qui ne se donnent même pas la peine de prononcer son nom.

— *You can go on, miss*, dit-elle à l'enseignante.

Madrigal aurait participé à la leçon pour prouver qu'elle maîtrise ses émotions, mais Marie-Louise ne trouve pas la force de le faire. Elle ne sait pas pour qui elle ressent le plus de peine : pour la morte ou pour la vivante. Elle ne manque donc à personne ?

« Je serai amie avec quiconque dira :Pauvre Marie-Louise ! ou prononcera mon nom », se dit-elle.

Le cours d'anglais s'achève.

Juste avant que la cloche sonne, son regard fait le tour de la pièce.

Il est là !

Il la surveille.

Ça doit être lui.

Ça ne peut être personne d'autre.

Jean Poirier !

Des mouchetures jaunes, comme des paillettes d'or sous les eaux, brillent dans ses yeux.

Ses joues rouges rougissent encore plus, brûlant de fièvre pour elle. Sa respiration est trop rapide, et sa large poitrine se gonfle et se dégonfle, forçant le pouls de Marie-Louise à s'accélérer. À côté de lui, les autres garçons paraissent de faibles roseaux. Lui, c'est un homme.

Il est tellement beau ! Et en même temps, pas beau du tout, mais grossier. Ça lui donne le même vertige qu'elle a ressenti en entrant dans l'école.

« Jean Poirier ! » se dit-elle. Et les deux mots semblent parfaits et précieux. « Jean Poirier ! Il est à moi. Je possède tout ! »

Elle ne trouve rien à lui dire. Elle ne sait pas comment entamer la conversation.

Le sourire du garçon se brise, comme une glace mince au-dessus d'une eau sombre.

Marie-Louise tomberait amoureuse d'un gentil garçon tranquille et affectueux, comme Vincent. Mais Jean Poirier n'est ni romantique ni affectueux, mais féroce. Leurs regards s'affrontent.

Elle a peur de lui. Elle détourne lentement les yeux, faisant semblant d'écouter les directives de l'enseignante.

Il lui fait un lent clin d'œil, détourne lentement le regard et lui adresse un mince sourire. Ce n'est qu'un clin d'œil, mais c'est absolument violent et complètement sexy.

Le sang lui bat aux tempes.

La cloche sonne.

Son cœur se crispe.

Les élèves bondissent de leur siège. Marie-Louise aurait bondi, elle aussi, mais elle est Madrigal. Elle ne manifeste donc pas d'empressement juvénile, mais se redresse gracieusement et range ses livres.

Il est auprès d'elle.

Elle frissonne et se sent rayonner.

Il touche sa joue d'une façon inhabituelle, pointant verticalement le bout de ses doigts. Elle a l'impression qu'ils vont pénétrer à l'intérieur de son cerveau et tout découvrir.

Mais ce n'est pas ce qui se passe.

— Est-ce que tu t'es ennuyée de nos petits cadeaux, Madrigal ? chuchote-t-il.

C'est un test. Elle ne peut pas ignorer quels petits cadeaux il lui a donnés.

Des boucles d'oreilles ? Madrigal en a une collection impressionnante.

Un livre de poésie ? Il y en avait un près du lit.

Une écharpe ? Il y en avait une sur le dossier d'une chaise.

Que répondre ?

Entre des amoureux, il ne peut y avoir qu'une seule réponse.

— Je me suis ennuyée de tout, lui répond-elle dans un murmure.

Comme il rit ! Son rire dévale sur elle, comme un torrent au printemps.

— Je le savais, dit-il.

Il soulève sa frange et embrasse son front.

Elle tremble violemment, car c'est son premier baiser. Mais il ne remarque pas sa réaction. Il ne se rend pas compte que la peau touchée par ses lèvres appartient à Marie-Louise.

Cela lui donne du courage.

— Viens ! ordonne-t-elle. Accompagne-moi jusqu'à mon autre classe.

Les yeux de Jean Poirier sont comme ceux d'un tigre.

— Tu veux encore le faire, hein ? lui dit-il.

— Bien sûr, répond-elle, le cœur battant, ignorant ce qu'il veut dire.

— Je suis Jean Poirier, dit-il sur le ton d'une incantation.

On dirait un empereur rappelant qui il est à son sujet. Elle a de la difficulté à imaginer Madrigal en humble sujet.

Il place ses mains en coupe sur les joues de Marie-Louise, et elle se sent possédée. Comme si elle était un objet précieux que l'on admire ou que l'on jette contre le mur.

Est-ce qu'il se moque à ses dépens ? S'est-il présenté parce qu'il sait qu'elle n'est pas Madrigal ?

— Jean Poirier, répète-t-elle en imitant son emphase.

Après tout, elle était une jumelle et peut imiter facilement.

Les yeux ombreux du garçon paraissent vieux et distants, ce qui contraste avec son teint frais. Il est un mélange sans âge de douceur et de rudesse.

« Prends des risques, se dit-elle. Vole seule dans l'espace vide. »

Elle s'écarte de Jean Poirier et sort de la classe.

Les émotions du garçon s'expriment brutalement et sont aussi faciles à lire que celles d'un jumeau. Il n'apprécie pas qu'elle le quitte sans sa permission, pas du tout.

Est-ce qu'elle a tout gâché ? Devrait-elle retourner près de lui et le…

Elle a agi comme il le fallait.

Il la suit. Il dit qu'il a besoin d'elle. Il dit qu'il est désolé d'avoir trop demandé trop tôt.

Elle ne se souvient pas qu'il ait demandé quoi que ce soit.

Ils avaient un langage secret, ces deux-là. Elle brûle de jalousie et de peine.

Jean Poirier et elle sont étrangement seuls dans la foule et étrangement surveillés par tous. Elle voit les autres élèves rester à distance ou passer rapidement près d'eux, les observant. Quelle impression incroyable Madrigal et Jean Poirier doivent avoir faite !

— Jean Poirier, répète-t-elle, sachant que personne ne l'appelle jamais autrement, ni ne lui donne de surnom.

Il lui prend la main, et il semble que leurs mains ne deviennent qu'une. Elle se sent attirée vers lui, tourbillonnant dans une tornade d'émotions.

— Est-ce qu'on fera un nouveau choix ? dit-il d'une voix glacée.

Quel que soit le choix dont il parle, ce n'est pas quelque chose d'aimable. Ses paroles suggèrent la malfaisance.

Soudain, elle voudrait s'écarter de lui pour se fondre dans la foule des élèves qui les observent avec crainte. Qu'est-ce que Madrigal et Jean Poirier ont fait pour les effrayer ?

Jean Poirier rit à nouveau. Et son rire terrible rampe et s'harmonise à ses yeux pailletés d'or.

« Madrigal aimait ce garçon ? Mais il est terrifiant. Il me fait peur. »

— Je suis ton jumeau, murmure-t-il. Tu as enfin quelqu'un qui te comprend vraiment. Un jumeau de cœur et d'âme, plutôt que de chair et de sang.

L'assemblée des élèves qui les entourent semble gronder et siffler.

Jean Poirier vient encore plus près. Il écarte les mains de Marie-Louise de son visage, comme si c'étaient ses mains, comme s'il les lui avait prêtées.

« Que fait-il ? »

Le bout de ses doigts touche à nouveau ses joues, mais…

« Que… ? »

Jean Poirier a mis une petite fiole sous son œil pour recueillir les larmes de Marie-Louise. Puis il la referme avec un petit bouchon de caoutchouc. La fiole est retenue par une chaîne en or autour de son cou.

Marie-Louise s'écarte de lui, fixant d'un regard surpris la fiole contenant ses larmes. Il reste une larme au bout de ses longs cils. Jean Poirier la saisit au bout de son doigt et la contemple, comme s'il y lisait l'avenir. Un sourire sauvage joue sur ses lèvres.

Jean Poirier met la larme sur sa langue.

Chapitre 7

Comme le pensionnat était un endroit sûr !

Comme elles étaient gentilles les filles qui ne s'occupaient pas d'elle !

« Madrigal aimait ce garçon ? » se demande Marie-Louise.

Sur ses joues, elle sent des picotements là où il l'a touchée. Il l'a peut-être marquée.

« Il est maléfique. Ma sœur, ma merveilleuse sœur, ne peut pas avoir aimé quelqu'un comme lui ! Tout ça est un terrible malentendu. »

La fiole contenant ses larmes se balance sur la veste de soie de Jean Poirier. Pourquoi est-ce qu'il ne porte pas des jeans et une chemise comme les autres garçons ? Quelle sorte de message essaie-t-il de communiquer ?

« Je suis ton jumeau. » Quelle déclaration effrayante !

— J'ai perdu ma jumelle, Jean Poirier. Tu ne peux pas la remplacer. Personne ne peut la remplacer.

Le visage du garçon se referme.

Marie-Louise se détourne. Dans la foule, elle aperçoit Sonia. « Un petit ami ? Qu'est-ce que j'en ai à faire ? Je veux une amie avec qui parler, qui me connaîtra bien. »

Elle donne une dernière chance au garçon que Madrigal a aimé. S'il lui dit qu'il comprend l'importance de ce qu'elle a perdu, qu'il sait qu'elle souffre comme si elle avait été tranchée en deux, elle lui pardonnera.

Mais le rire de Jean Poirier la fait sursauter.

— Elle ne te manque pas, Madrigal ! Tu t'es débarrassée d'elle, comme prévu. J'aime ça chez une femme.

Là où il l'embrasse, elle se sent souillée. Elle étouffe, comme s'il avait le pouvoir de la brûler, de la réduire en cendres, comme sa sœur.

— Toi et moi, Madrigal, on est « nous », maintenant ! Tu n'avais pas besoin d'elle. Tu as besoin de moi.

Il peut la souiller de baisers, mais il n'a pas le droit de souiller la mémoire de Madrigal. Elle va le remettre à sa place.

— On est jumeau de naissance, ou on ne l'est pas, réplique-t-elle.

— Je t'aime, chuchote-t-il.

Il n'y a pas de mots plus émouvants. Jean Poirier l'aime, même si c'est à une autre jolie fille qu'il croit le dire. Les yeux pailletés d'or sont pleins d'adoration.

Être la moitié d'un tout est un handicap. Une moitié de personne ne peut pas prendre de décisions. À l'instant même où elle va dire: « Oui, tout ce que tu veux, Jean Poirier. Oui, on sera des jumeaux », Sonia s'avance vers eux.

Elle ressemble à une biche au bord d'une clairière.

— Je ne t'ai pas parlé aux funérailles, dit-elle timidement à Marie-Louise.

Sa voix tremble. Marie-Louise comprend alors qu'elle devinait juste. *Ils ont tous peur.* Qu'est-ce que Madrigal a fait pour que ses camarades la craignent? Après tout, Madrigal n'avait que dix-sept ans. Que peut faire une fille de…

— Marie-Louise me manque, dit doucement Sonia. Je pense beaucoup à elle. C'est une tragédie, Madrigal. Tu sais ce que je pense de toi, mais je suis tout de même désolée. Tu dois ressentir une telle peine, puisque vous étiez des sœurs jumelles !

Sonia déteste Madrigal ? Marie-Louise essaie de comprendre pourquoi, mais Jean Poirier intervient:

— Marie-Louise n'avait aucune importance, dit-il légèrement. À quoi sert un deuxième reflet dans le miroir ?

— Je voudrais déposer des fleurs sur la tombe de Marie-Louise, continue Sonia. Mais je ne sais pas où elle se trouve.

— Il n'y a pas de tombe, répond Marie-Louise, touchée que Sonia ose dire qu'elle lui manque.

Et la peine l'envahit à nouveau. C'est triste qu'il

n'y ait pas d'endroit sur terre pour marquer la fin d'une vie.

— Elle fait partie de l'air et du ciel.

— Mais c'est magnifique ! s'exclame Sonia. L'air et le ciel, ça ressemble à Marie-Louise.

Vincent fend la foule. Il s'avance vers eux d'un air féroce, comme un guerrier devançant ses troupes.

Lorsqu'il regarde Marie-Louise, elle en oublie Jean Poirier. Elle a commencé une nouvelle vie, mais ça ne veut pas dire qu'elle est obligée de n'être que Madrigal. Elle peut choisir des amis à son goût.

— Sonia, est-ce que tu voudrais qu'on aille ensemble au centre commercial, cet après-midi ? demande-t-elle.

— Non ! dit sèchement Vincent. Elle n'ira pas. Elle a d'autres projets, Madrigal. Elle en aura toujours.

— Comme c'est touchant, cet amour fraternel ! dit Jean Poirier. Bien sûr, après un certain incident fâcheux, je comprends que Sonia ait besoin de la protection d'un frère.

Sonia se mord les lèvres et penche la tête.

Vincent se place entre elle et Jean Poirier, la repoussant comme si elle était un agneau et lui, un chien de berger. Puis ils se fondent dans la foule.

« Quel incident ? Qu'est-ce que Madrigal leur a fait ? »

— Il est inutile de prononcer le nom de Marie-Louise dorénavant.

Jean Poirier semble s'adresser à l'école tout entière.

— Elle n'a peut-être pas été enterrée dans la terre, mais Madrigal et moi, on l'a enterrée pour de bon. Que plus personne ne prononce son nom.

Marie-Louise suit Jean Poirier. Elle est épuisée comme si elle avait marché dans la tempête.

— Pourquoi est-ce que tu es tombé amoureux de moi ? demande-t-elle.

— À cause de ton nom, Madrigal, ma chanson galante.

Elle ne réussit pas à revoir le visage de Vincent en pensée. « Je pourrais être la chanson galante de Jean Poirier », se dit-elle.

— Et parce que tu es la jumelle qui m'a toujours manqué, dit-il encore.

— Je ne suis pas ta jumelle, réplique-t-elle, incapable d'effacer le souvenir de Madrigal.

— Oh ! mais si, tu l'es, Madrigal ! On est des jumeaux de l'âme, toi et moi.

* * *

Jean Poirier la raccompagne jusqu'à sa voiture.

La journée d'école a été si courte ! Marie-Louise ne peut plus penser qu'à Jean Poirier, à son étrangeté, sa beauté, sa laideur... sa méchanceté.

« Qui est-il ? » se demande-t-elle, car elle sait qu'il n'est pas quelqu'un d'ordinaire. Elle veut tout savoir de lui. Un fille qui aime un garçon veut toujours en savoir plus : elle veut voir sa maison, ses vêtements ;

elle veut parler à ses amis et le voir à son entraînement de hockey ; elle veut lire ses textes et toucher ses livres et connaître tous les détails de sa vie.

Marie-Louise veut voir quelle voiture il conduit et savoir où il va, mais il reste là tout simplement en attendant qu'elle s'en aille.

— Raconte-moi tout, lui dit-elle.

— Tu sais tout, Madrigal, réplique-t-il en riant. Je ne t'ai rien caché.

— Je veux que tu me le dises encore. J'aime ça. Je veux que tu me racontes tout, encore et encore, comme une histoire avant de s'endormir.

Il sourit, et son sourire ressemble à celui de Vincent.

Il tourne la clé de contact pour démarrer la voiture. La radio s'allume en même temps. Marie-Louise bouge les épaules au rythme de la chanson, puis elle se souvient que sa sœur ne dansera plus jamais.

Elle attend que les larmes remplissent ses yeux, pour se sentir mieux et pire tout à la fois. Mais ses yeux sont secs. Ses pensées sont trop pleines de Jean Poirier.

— Je n'ai plus de larmes pour ma sœur, dit-elle.

— J'ai tes larmes.

— Qu'est-ce que tu vas en faire ? demande-t-elle en regardant la petite fiole.

— J'aime ce jeu, Madrigal, dit-il en souriant. Je suis content que tu en aies inventé un nouveau. Les autres ne m'amusent plus.

Lorsque Marie-Louise arrive chez elle, la maison lui paraît trop silencieuse. Elle s'ennuie du pensionnat et de l'animation qu'y mettaient des centaines de filles.

Elle essaie d'imaginer Madrigal et Jean Poirier en train de s'embrasser, de rire et de parler ensemble.

Qui était Madrigal ? Et qui est Jean Poirier ? Qu'arrivera-t-il s'il sait lire dans ses pensées et imiter ses mouvements ? Est-ce qu'elle a vraiment envie de connaître Jean Poirier aussi bien qu'elle a déjà connu Madrigal ?

Jean Poirier occupe toutes ses pensées. Lorsqu'elle vernit ses ongles, qu'elle vide le lave-vaisselle, qu'elle écoute les conversations de ses parents, qu'elle regarde la télé, seulement une partie d'elle-même est présente.

Et c'est, comme il l'avait prédit, une vie de jumelle de nouveau.

Elle se sent proche de Jean Poirier et complètement, affreusement, séparée de Madrigal.

Marie-Louise entre dans la chambre de Madrigal.

« Ma chambre, se dit-elle. Je suis Madrigal. »

Mais elle n'est pas Madrigal, et elle se sent une intruse. Elle se regarde dans le miroir. « Oh ! Madrigal, dis-moi que Jean Poirier a menti ! Dis-moi que tu pouvais l'aimer sans que ton amour pour moi soit diminué. »

Marie-Louise examine la chambre, cherchant peut-être un petit mot dans le genre de *Je t'aime,*

Madrigal! Jean Poirier. Mais il n'y en a pas.

Une carte de souhait? Il n'y en a pas.

Marie-Louise n'est pas surprise de trouver, par contre, trois romans qu'elle-même avait achetés alors qu'elle était au pensionnat.

Le lien extraordinaire qui les rattachait, Madrigal et elle, se manifestait souvent par leurs achats.

Marie-Louise se rappelle clairement un matin de rage. Pas de sa part, de celle de Madrigal. Dans sa chambre, ce jour-là, il y a un an, Marie-Louise avait décidé de changer sa façon de se coiffer. Elle avait séparé ses cheveux sur le côté gauche et les avait retenus par une barrette, qu'elle avait achetée l'après-midi précédent en faisant des achats avec Sonia.

Marie-Louise s'était précipitée pour rejoindre Madrigal qui était en train de déjeuner. Celle-ci avait également séparé ses cheveux du côté gauche et les avait retenus par une barrette identique à celle de Marie-Louise.

Marie-Louise avait été surprise qu'elle et sa sœur, dans deux centres commerciaux différents, aient choisi exactement le même objet!

Mais Madrigal avait hurlé de colère, et avait jeté sa barrette à la poubelle.

— Pourquoi avez-vous eu des jumelles? avait-elle crié à leurs parents. Je déteste partager mes choix avec elle! Je veux être une personne *unique*. Faites-la partir!

Marie-Louise avait jeté sa barrette, elle aussi, et l'avait écrasée sous ses souliers de cuir, des souliers qu'elle mettait rarement, semblables à ceux que Madrigal avait décidé de porter le même jour, alors qu'elle les portait rarement.

Plus tard, Marie-Louise avait retiré la barrette de Madrigal de la poubelle, l'avait nettoyée et gardée. Peu de temps après cette matinée orageuse, ses parents avaient décidé d'envoyer Marie-Louise au pensionnat. Même au pensionnat, Marie-Louise n'avait pas osé porter la barrette. Madrigal l'aurait senti.

À Noël et lors de la visite de Madrigal, Marie-Louise avait eu l'intention de lui reparler de l'incident de la barrette et de lui demander si elle se sentait mieux depuis qu'elles ne partageaient plus la même vie. Mais elles n'avaient jamais eu l'occasion d'en discuter. « Je pourrais la porter, maintenant », se dit Marie-Louise, sachant qu'elle ne le ferait jamais, car même les cendres de Madrigal pourraient la détester pour ça.

Elle quitte la chambre de Madrigal et ses secrets, pour entrer dans son ancienne chambre. Il y a un couvre-lit, mais ni draps ni couvertures sur le lit. La garde-robe est vide, ainsi que les tiroirs de la commode. Ses effets personnels n'ont jamais été renvoyés.

— C'est trop pénible, avait dit sa mère.

— On ne peut pas le supporter, avait dit son père. La direction du pensionnat a accepté de nous débarrasser des effets de Marie-Louise.

Les débarrasser, comme si c'étaient des déchets.

Marie-Louise voudrait descendre l'escalier quatre à quatre, se jeter dans les bras de ses parents, et crier sa peine et son désespoir. *Je me suis trompée ! Tout le monde a le droit de se tromper ! On a échangé nos ensembles de ski, c'est tout ! Et c'est moi, je suis Marie-Louise ! Je suis vivante. S'il vous plaît, soyez heureux que je sois vivante.*

« Oui, je vais aller tout avouer, se dit-elle. Je ne peux pas continuer à me faire passer pour ma sœur. »

Bravement, elle quitte la chambre vide et se dirige vers l'escalier pour aller dévoiler la vérité à ses parents.

Elle s'arrête au haut des marches pour écouter une conversation tenue à voix basse.

— Elle ne me manque pas, dit son père.

— À moi non plus, dit sa mère. Mais cela me fait tout de même beaucoup souffrir.

— Bien sûr que ça fait de la peine. Mais si on devait perdre une fille, il vaut mieux avoir perdu celle-là.

— Quelle sorte de parents sommes-nous ? Et que sommes-nous en train de faire maintenant ? Je suis sûre que c'est une autre terrible erreur.

— L'erreur, c'était d'avoir des jumelles.

Marie-Louise a l'impression de recevoir un coup de couteau au cœur.

Elle se réfugie dans la chambre qui n'est pas la sienne et regarde dans le miroir ce qui n'est qu'un reflet, et ne sera jamais plus une autre.

« Oh ! Madrigal, ils ne sont pas tristes de m'avoir perdue ! Ils disent que c'est une erreur que je sois née. Ils ne voulaient que toi !»

— Miroir, miroir… commence-t-elle.

Mais ça ne l'intéresse pas de savoir qui est la plus belle. Elle s'en fiche d'être belle. Tout ce qu'elle veut, c'est être aimée.

Chapitre 8

Madrigal est de retour.

La nouvelle se répand comme une traînée de poudre à travers les longs corridors de l'école. À son arrivée, en ce deuxième jour de classe, l'hostilité est palpable et la peur est partout.

Mais Marie-Louise ne pense qu'à Jean Poirier.

Elle a mal dormi ; mais même une mauvaise nuit de sommeil lui a permis de comprendre à quel point elle a été ridicule de penser que le petit ami de Madrigal est maléfique. « Jean Poirier ! » chante son cœur. « Jean Poirier ! Jean Poirier ! »

Mais elle ne le voit nulle part. Elle va à son cours d'histoire. C'est une matière que Marie-Louise n'avait pas choisie au pensionnat. Ça ne sera pas facile de commencer à ce moment-ci de l'année scolaire.

Elle s'assied de nouveau à l'arrière de la classe, et a l'heureuse surprise d'y trouver Vincent.

— Sonia a été très gentille de me dire que Madrigal lui manque, dit-elle.

Vincent lui lance un drôle de regard.

Elle s'est trompée de prénom.

— Euh, je veux dire Marie-Louise. J'ai perdu la moitié de moi-même. J'oublie qui je suis. Parce que la moitié de moi… ne l'est pas.

— C'est malade, dit Vincent.

— Non, c'est ainsi avec des sœurs jumelles.

Elle répète mentalement le nom de sa sœur. C'est comme ordonner à Madrigal de revenir. Si seulement elle le pouvait !

Marie-Louise oublie le cours d'histoire. Elle ressent un effroyable désespoir pour la vie tant aimée qui a disparu à jamais.

« Pourquoi est-ce que je ne peux plus pleurer ? se demande-t-elle. Jean Poirier a-t-il un pouvoir sur moi depuis qu'il a mes larmes ? Me possède-t-il ?… Arrête d'avoir des pensées aussi ridicules ! Madrigal l'aimait, donc il est aimable. »

Vincent lève la main et Marie-Louise, se trompant sur ses intentions, la saisit dans la sienne. Il retire brutalement sa main.

— Cette fois où Sonia et moi… euh, je veux dire… et Marie-Louise sont allées ensemble dans les boutiques, et que je les ai rejointes, c'était si amusant. Ta sœur est adorable.

Il la regarde avec l'œil d'un explorateur cherchant le passage du Nord-Ouest.

— Je ne sais pas où tu veux en venir, Madrigal, mais ne pense pas une minute que je vais te laisser approcher de ma sœur, une autre fois.

— Et maintenant, dit l'enseignant, vous allez former des équipes pour préparer votre présentation orale. Madrigal, te sens-tu capable de le faire ? Si oui, Vincent et toi travaillerez ensemble.

Vincent lance un drôle de rire, les yeux brillants.

« Est-ce que Vincent était amoureux de Madrigal ? Est-il jaloux de Jean Poirier ? Si jaloux qu'il ne veut pas que sa sœur devienne mon amie ? »

Si c'est exact, même Vincent ne regrette pas Marie-Louise.

« Je peux m'arranger pour que ça marche, se dit-elle. Je n'ai qu'à oublier Marie-Louise. Je peux être vraiment Madrigal et profiter des sentiments que Vincent ressent pour elle, euh, pour moi. Jean Poirier me fait un peu peur. Il n'est pas mon genre. Je préfère des amis comme Sonia et Vincent. »

— J'aimerais beaucoup faire équipe avec Vincent, répond-elle à l'enseignant.

La classe se retourne d'un seul mouvement. Vincent rit sauvagement.

Marie-Louise serre le bord de son pupitre pour ne pas perdre pied. Vincent pousse brutalement son pupitre contre le sien, avec l'intention évidente de lui écraser les doigts. Elle retire sa main juste à temps.

— Excuse-moi, dit-il d'un ton moqueur.

Elle sait qu'il est désolé de ne pas lui avoir coincé les doigts.

— Tu me détestes à cause de cet après-midi que j'ai passé avec Marie-Louise, n'est-ce pas, Madrigal ?

dit-il. Tu nous détestes tous parce que tu es venue au monde en tant que moitié d'un tout, tandis que nous sommes entiers. Tu ne nous le pardonneras jamais. Tu t'es débarrassée de ta gentille sœur, laisse-nous tranquilles. Tiens-toi avec ton nouveau jumeau, Jean Poirier. C'est ton genre.

— Madrigal et moi, on ne peut pas s'entendre sur le choix du sujet, dit-il à l'enseignant. Vous pouvez nous changer d'équipe ?

— Bien sûr ! Qui veut faire équipe avec Madrigal ?

Personne ne se propose.

Personne ne bouge.

Personne ne se tourne vers elle.

Madrigal, dont elle a tant voulu vivre la vie, n'a pas d'amis.

Elle n'a que des ennemis, qui veulent lui écraser les doigts entre deux pupitres.

« Qu'est-ce que j'ai fait ? » se demande Marie-Louise.

Vincent la suit. Il l'observe du bout du couloir, à la bibliothèque, à la cafétéria, dans le local d'informatique.

Il l'étudie, c'est tellement mignon. Peut-être que s'il savait comment le faire, il s'excuserait de son comportement en classe d'histoire.

Elle lui sourit. Un sourire à la Marie-Louise. Puis elle doit l'effacer, trouver le sourire de Madrigal et mettre celui-ci à la place.

Vincent la regarde, essayant de comprendre ce qui se passe.

« Moi aussi, Vincent, j'essaie de comprendre la vie de Madrigal, pense Marie-Louise. Si je ne réussis pas, à quoi ça sert de la vivre ? »

Au dîner, elle se met dans la file à la cafétéria. Avoir un amoureux, ce n'est pas facile. Contrairement à la nourriture, qui ne se dissimule pas derrière des actions étranges et des mots de code. Marie-Louise remplit son plateau, puis cherche une place libre où s'asseoir.

C'est comme au pensionnat. Il y a des tables réservées aux élèves populaires et puis des tables à moitié vides pour les autres.

Elle aperçoit Sonia.

Elle se dirige rapidement vers la table où Sonia dîne, et s'assied à côté d'elle.

Époustouflée, Sonia échange un regard avec la fille assise de l'autre côté de la table.

Personne ne bouge, personne ne mange. Immobiles, les dîneurs l'observent pour voir ce qu'elle s'apprête à faire. Ils paraissent s'attendre au pire.

Marie-Louise voudrait comprendre ce qui se passe.

— Est-ce qu'il ne te semble pas que tout le monde nous regarde ? demande-t-elle à Sonia. Tu ne trouves pas que tout le monde a l'air sur les nerfs ?

Sonia n'ose pas la regarder.

Une phrase fait sournoisement le tour de la cafétéria : « Madrigal est de retour. »

Et puis, soudain, Vincent aussi est de retour.

Son beau visage grimace hideusement. Il tire violemment la chaise de Marie-Louise par derrière. Elle se rattrape juste à temps pour ne pas s'affaler par terre.

— Tiens-toi loin de ma sœur ! crie-t-il d'une voix furieuse.

— Je... je pensais qu'on était amies, murmure Marie-Louise.

Tous les dîneurs les observent. « Tout le monde est au courant de choses que j'ignore », se dit-elle.

— Une amie ! Toi ? dit Vincent.

Marie-Louise est contente de ne pas avoir mangé. L'estomac vide, elle se sent plus vive.

— Qu'est-ce que tu veux, Vincent ? demande-t-elle.

— Je voudrais que cet accident de ski soit arrivé à la bonne personne, répond-il.

« Parle à mes parents, pense-t-elle. Eux croient que c'est arrivé à la bonne personne. »

— Tais-toi, Vincent ! dit vivement Sonia. Madrigal vient juste de perdre sa sœur.

— Celle qu'ils ont envoyée ailleurs dans le faux espoir qu'elle resterait saine d'esprit ? Celle qu'ils croyaient pouvoir sauver ? Celle qu'ils cherchaient à protéger ? Ils voulaient séparer Marie-Louise de Madrigal avant qu'elle subisse sa mauvaise influence ? Mais non, le stupide accident de ski devait arriver à celle qui...

— Ne fais pas de scène, Vincent, s'il te plaît, supplie Sonia.

Les paroles de Vincent tourbillonnent dans la tête de Marie-Louise.

Pourquoi Madrigal était-elle venue la voir? Après avoir répété maintes fois qu'elle avait mieux à faire, pourquoi avait-elle changé d'idée ? Elle avait franchi tous les obstacles pour voir sa sœur jumelle. Par amour !

Était-ce plutôt... par haine ?

Jean Poirier ne disait-il pas que Madrigal avait détruit sa sœur, comme prévu ?

« Je refuse de laisser ces gens empoisonner mes pensées, se dit-elle. Ma sœur était parfaite.»

Et tout à coup Jean Poirier est là.

Vincent et lui se défient du regard, sauf que Jean Poirier sourit.

— Les scènes semblent être la spécialité de Sonia, dit-il.

Marie-Louise essaie de calmer les esprits.

— Asseyons-nous, mangeons la pizza et soyons amis, dit-elle.

— Amis ? Avec toi ? Sois sérieuse, Madrigal ! dit Vincent.

— J'ai beaucoup d'amis, dit-elle. Tous les élèves de ma classe de français m'ont dit à quel point ils sont tristes pour moi.

— Ils ont tous peur de toi, dit Vincent.

Elle le devinait.

« Je n'ai pas d'amis », se dit-elle.

— Tu m'as, moi, dit Jean Poirier. Je suis ton jumeau, Madrigal. Viens. On va préparer notre prochain cadeau.

— Non ! s'écrie Vincent. On ne vous laissera pas faire ! Tout le monde est au courant ! Vous ne trouverez plus de victimes par ici. Vous ne pouvez plus rien nous faire.

— Je ne suis pas Madrigal, dit Marie-Louise d'une voix désespérée. Je suis Marie-Louise.

— Tu penses qu'on va te croire ? dit Vincent, tremblant de rage. Tu penses qu'on va croire ne serait-ce qu'un instant que tu es la douce Marie-Louise ? Quitte cette ville, Madrigal ! Emmène ton petit ami désaxé avec toi. Personne ne vous regrettera.

Elle se lève et quitte la cafétéria.

Chapitre 9

« J'ai un petit ami », se dit Marie-Louise.

« Il est un pilier dans un monde qui s'écroule. Quelqu'un avec qui marcher. Quelqu'un qui veut marcher avec moi. Quelqu'un qui ne veut marcher qu'avec moi. »

Jean Poirier ne semble pas avoir de cours, ni d'enseignants, ni d'études, rien sauf la tâche de mener Marie-Louise d'un endroit à l'autre.

Il met son bras autour d'elle. Un bras étrangement léger, comme s'il était fait d'aluminium. Si elle serre Jean Poirier contre elle, sentira-t-elle de la chair et des os ? Est-il humain ?

Marie-Louise a besoin de connaître des réponses.

Elle commence avec précaution.

— Être un jumeau, dit-elle, c'est comme être un pays occupé, où une armée surveille chaque mouvement. Puisque je ne suis pas habituée d'être seule, j'essaie de comprendre qui était Madrigal juste avant l'accident.

— Qui *est* Madrigal, dit Jean Poirier. Ça aurait

été un bon jeu si Vincent et Sonia avaient cru que tu étais Marie-Louise, mais ils ne t'ont pas crue. Dommage ! Et ce que *tu* es, c'est le mal, Madrigal.

Son sourire est joyeux comme des rayons de soleil un jour d'été.

— Tu n'es pas le mal pur, bien sûr, dit-il. Je suis le mal pur. Tu es un mélange. Mais tu te soumets toujours à moi, parce que faire le mal est tellement plus amusant. Le mal te va bien, Madrigal.

Du bout du doigt, il frôle le visage de Marie-Louise, comme s'il dessinait son portrait, comme s'il pouvait modeler sa personnalité, ses actions, et même son sourire. Elle comprend alors que c'est vrai que Madrigal savait bien faire le mal. Est-ce qu'elle, Marie-Louise, se soumettra à Jean Poirier? Est-ce que ses parents le savent? Ont-ils lu dans le cœur de Madrigal ce que Marie-Louise n'y a pas vu? S'était-elle tournée vers le mal pour le plaisir de la chose? Mais qu'est-ce que Madrigal et Jean Poirier ont fait à Sonia et aux autres?

— Sonia, que... commence à demander Marie-Louise.

— Elle est de l'histoire ancienne; elle a déjà été utilisée. Choisis-en une autre, Madrigal. C'est ton tour.

Elle voudrait se cacher, ce qui signifie rentrer chez elle.

« C'est le moment de tout raconter à papa et à maman », se dit-elle.

Ce serait bizarre si eux non plus ne la croyaient

pas. Et si elle devait faire analyser son sang ou quelque chose du genre, pour prouver qu'elle est Marie-Louise.

— Je ne peux pas choisir maintenant, réplique-t-elle en se forçant pour paraître irritable plutôt qu'effrayée. Ne m'y contrains pas.

— Tu adores les contraintes, affirme-t-il.

Un frisson monte le long de son dos. « Comment est-ce que je vais m'en sortir ? se demande-t-elle. Je deviendrai moi-même une victime de Jean Poirier si je ne fais pas attention. Il va m'en vouloir de le tromper. Il est dangereux. Mais je ne peux plus me faire passer pour Madrigal. Elle aussi, elle est dangereuse. »

— Madrigal chérie, chuchote Jean Poirier. On continue, toi et moi, quels que soient tes sentiments après l'opération.

Après quelle opération ? La *fin* de Marie-Louise ?

Jean Poirier perd patience, démasquant ainsi sa vraie nature.

— Allez, Madrigal ! Choisis ! gronde-t-il d'un ton menaçant, le regard brûlant.

Elle doit fermer les yeux.

— Pourquoi as-tu pris mes larmes ? lui demande-t-elle.

— Parce que j'aime faire peur. Les gens ont toujours peur quand on fait quelque chose qu'ils ne comprennent pas. Tu étais terrifiée, même si tu savais ce que je faisais.

— Qu'est-ce que tu faisais ?

Il en a assez. Il arrache le bouchon de la petite fiole et verse les larmes par terre. Elle est stupidement superstitieuse peut-être, mais elle déteste le voir porter ses larmes.

— Ma sœur…

— Arrête de te servir d'elle comme excuse ! Dès que tu as commencé à m'aimer, il n'y a plus eu d'amour en toi pour personne d'autre, et tu le sais. Tu as une capacité d'amour très limitée, Madrigal.

Il l'embrasse. C'est un baiser qui prend et qui donne. Elle aime ça, en redemande.

— Tu es cinglant, dit-elle.

Il la soulève joyeusement comme une poupée de porcelaine et la fait tourner.

— Ma chère cinglante, dit-il, fais ton choix.

Il paraît plus jeune qu'avant, et plus doux.

« Si je connaissais les règles du jeu, je pourrais jouer, se dit-elle. Et si je les connaissais, je pourrais aussi l'arrêter. »

Elle pourrait arrêter le jeu en pleine action. Elle deviendrait même peut-être l'héroïne de l'école ! Ces gens hostiles redeviendraient ses amis. Elle n'a qu'à commencer le jeu avec lui pour se renseigner. Puis elle empêchera habilement Jean Poirier de continuer.

— Choisis, toi, Jean Poirier. Je suis trop fatiguée !

— D'accord, dit-il en riant. Choisissons quelqu'un en ville. Vincent a prévenu tout le monde, ici. Allons près de l'école de musique. Un élève qui décide de passer son temps à jouer du hautbois est sûrement assez excentrique pour accepter des propositions excentriques.

Il l'emmène en dehors de leur école. Bien qu'elle soit déterminée à le déjouer, elle sent son opposition ramollir. Il la manœuvre comme s'il était au volant de sa vie.

L'intérieur de la voiture de Jean Poirier a une apparence cossue, ultramoderne. Sa famille doit être riche. Marie-Louise se demande si Madrigal est déjà allée chez lui. On n'imagine pas le garçon dans une maison, prenant ses repas avec ses parents.

Jean Poirier gare sa voiture devant l'école de musique.

Une fanfare fait le tour du terrain de l'école. Il y a un seul spectateur sur le trottoir. Des jeans, une veste, des cheveux courts : il est difficile de savoir s'il s'agit d'un garçon ou d'une fille.

— Bon ! Voilà ce qu'on cherche, dit doucement Jean Poirier, le sourire aux lèvres.

On dirait un chasseur guettant un lièvre. Marie-Louise est surprise de constater que se soumettre au mal n'exige pas d'elle qu'elle fasse le mal. Elle n'a qu'à suivre le mouvement.

— Qu'est-ce que tu vas faire ? demande-t-elle, angoissée et fascinée tout à la fois.

— Qu'est-ce que *nous* allons faire ? la corrige-t-il en riant.

Chapitre 10

Jean Poirier sort de la voiture.

L'élève est une fille, au visage enfantin très maquillé. Au rythme de la musique jouée par la fanfare, elle danse légèrement tout en écoutant Jean Poirier.

De temps à autre, elle a un petit rire nerveux et penche la tête d'un air coquin.

Jean Poirier est plus beau que jamais. Sa personnalité flamboyante brille comme un trophée. Lorsqu'elle s'étreint pour se réchauffer, il enlève sa veste et la lui pose sur les épaules. Ils rient, et il se penche, elle se redresse et, non pas leurs lèvres, mais leurs fronts se touchent.

Jean Poirier l'accompagne jusqu'à sa voiture.

Elle aussi s'est soumise. Quelle que soit l'offre qu'il lui a faite, cette fille est avide d'y accéder.

— Bonjour ! dit-elle à Marie-Louise. Jean Poirier me dit que vous organisez une virée en ville. Je n'y vais jamais sans mes amis parce que c'est tellement dangereux. Je suis en première secondaire à votre école. Je ne suis pas encore prête pour l'école de musique, mais je viens voir ce qui se passe. Je m'appelle Catherine, et tu es Madrigal, hein ? J'adore ton nom ! Est-ce qu'on va seulement faire une virée ou si on va au cinéma ?

Catherine ne paraît pas nerveuse. Son bavardage est simplement de l'excitation.

Jean Poirier met sa voiture en marche. Son regard est froid et son sourire, cruel.

Vincent a en principe prévenu tous les élèves de l'école. Mais personne ne peut connaître chacun des deux mille élèves.

— Est-ce que tu ne dois pas appeler tes parents, Catherine ? demande Marie-Louise.

— Qu'est-ce qui te prend ? siffle Jean Poirier, incrédule.

— Absolument pas, répond Catherine. Mes parents ne s'intéressent jamais à ce que je fais. Ils ne s'intéressent même pas à ce qu'ils font, tu sais ce que je veux dire.

— Je sais ce que tu veux dire, dit Jean Poirier d'une voix compréhensive.

Marie-Louise ne comprend pas. Quelle sorte de parents sont-ils ?

Jean Poirier passe devant des restaurants, devant des motels et des stations-service, devant des boutiques et des usines.

Il accélère et prend la voie rapide qui mène aux quartiers sombres de la ville.

« Ni mes parents ni ceux de Catherine ne savent

où on est », se dit Marie-Louise.

Il paraît de plus en plus possible que Madrigal soit sortie, non pas pour aller danser ou au cinéma, mais… pour faire souffrir des gens.

— Je ne veux pas continuer, dit Marie-Louise. Ramène-moi à l'école, je dois reprendre ma voiture. Catherine, je te ramènerai chez toi.

— Oh ! je ne veux pas rentrer ! dit vivement Catherine. C'est amusant.

Le rire de Jean Poirier emplit la voiture.

Ils quittent la banlieue.

Et entrent dans la ville.

C'est une ville dont les musées, les magasins et les boutiques sont regroupés au centre. Des cercles de bâtiments abandonnés cernent le quartier sûr. Les gens entrent dans la ville uniquement par les voies rapides, surélevées, se maintenant au-dessus des débris humains qui s'agitent plus bas.

C'est un endroit où les déchets sont omniprésents et les graffitis, vicieux. Les sans-abri y meurent dans la souffrance, et les vendeurs de drogue errent à la recherche de victimes.

Jean Poirier quitte la voie rapide.

— Pas ici, dit Marie-Louise, inquiète.

La route sur laquelle il s'est engagé est pleine de nids de poules. Des ombres bougent d'elles-mêmes, et les détritus fourmillent de rats.

— Jean Poirier, tu as quitté la voie rapide trop tôt, dit Catherine. Fais demi-tour. C'est un quartier terrible ici. Tu ne peux pas le traverser.

Jean Poirier sourit et continue sa route. Il conduit si lentement qu'ils peuvent regarder à travers les fenêtres brisées, sous les escaliers rouillés, par les portes battantes des édifices vides.

Des voyous vêtus de cuir et munis de chaînes sortent de l'ombre pour voir qui est entré sur leur territoire.

Il est impossible d'imaginer que des êtres humains vivent ici. C'est une autre planète. Et les pensées de Jean Poirier sont d'une autre planète.

Les voyous pourraient encercler la voiture mais, sans doute trop surpris, ils se contentent de la regarder passer. Jean Poirier tourne le coin de la rue.

Les réverbères ont tous été brisés. Les chats ne s'aventurent même pas par ici. Les restes d'une voiture finissent de rouiller sur le trottoir. Des sirènes crient au loin.

Jean Poirier arrête la voiture.

« Et si la voiture ne repartait plus ? » se dit Marie-Louise.

Elle essaie d'imaginer sa sœur dans cette situation. Madrigal, pour qui l'ordre et la beauté importaient tant.

— Catherine, il vaudrait mieux que tu viennes t'asseoir avec nous devant, dit Jean Poirier. Sors de la voiture et viens près de Madrigal. Madrigal se rapprochera de moi !

— Je ne veux pas sortir, dit Catherine, terrifiée.

Jean Poirier se tourne vers elle, un sourire éblouissant aux lèvres.

— Qu'est-ce que tu crois qu'on va faire ? demande-t-il. Te laisser ici ?

Il y a un léger déclic, et les boutons de verrouillage des quatre portes se dressent.

— Allez, Catherine, viens t'asseoir avec nous, dit Jean Poirier.

« Je ne peux pas la laisser faire, se dit Marie-Louise. Et s'il... Non, personne ne ferait ça. Mais s'il... »

Catherine sort.

Jean Poirier, le sourire intact, se penche, referme la portière et reverrouille tout.

— Non ! murmure Marie-Louise.

Elle ne dit pas « non » à Jean Poirier, ou au quartier, mais à Madrigal, qui faisait ça.

Jean Poirier laisse avancer la voiture sans appuyer sur l'accélérateur. Catherine peut se maintenir à leur niveau. Elle tambourine contre la portière.

— Arrêtez ! Laissez-moi monter ! Qu'est-ce que vous faites ? Vous voulez que je me fasse tuer ?

À eux seuls ses cris sont capables d'attirer la bande de voyous.

Marie-Louise reste figée. Ainsi, voici donc ce qui amusait sa sœur. Le mal sans vampires, le mal sans rituels sataniques, ni incantations, ni violence.

La lâcheté simple et distrayante d'abandonner quelqu'un.

Le visage de Catherine est distordu de terreur. Ses doigts griffent en vain la vitre.

— J'aime la panique, dit Jean Poirier. Regarde ce que ça fait à son visage !

« Je devrais le frapper, arrêter la voiture, appeler la police », se dit Marie-Louise.

— Jean Poirier, dit-elle tout haut, arrête la voiture ! Laisse monter Catherine !

— On ne les laisse jamais remonter, Madrigal. Ne sois pas ridicule.

« On ne les laisse jamais... » Alors sa sœur a fait ça plus d'une fois, et elle l'a fait à Sonia. Pas étonnant que Vincent la déteste.

Mais pourquoi n'ont-ils pas appelé la police ? Si toute l'école est au courant, pourquoi les autorités n'ont-elles pas fait cesser les agissements de Jean Poirier et de Madrigal ?

Elle va devoir le dire à ses parents.

Mais quels parents pourraient croire que leur adorable fille participe à un divertissement pareil ?

Personne ne presse de gâchette, ne gratte d'allumette ou ne verse de poison.

Tout ce qu'ils font, c'est abandonner leur victime.

— Qu'est-ce que tu as fait à Sonia ? demande-t-elle.

— Moi ? dit-il en baissant les yeux. Excuse-moi, mais c'est *toi* qui as choisi Sonia.

Catherine hurle et griffe et s'agrippe à la voiture.

— Et que s'est-il passé ?

— Tu le sais, c'est toi qui as tout organisé.

— Raconte-le-moi encore.

— Oh ! tu veux une histoire pour t'endormir ! Tu veux te vautrer dans les détails. Bien, elle était beaucoup plus terrifiée que Catherine. J'adore parler de ça !

Parler est un mot neutre. Mais il ne parle pas, il profère des obscénités.

— Sonia n'a même pas couru près de la voiture. Elle s'est recroquevillée sur le trottoir. Puis des rats sont venus satisfaire leur curiosité. Ils ne l'ont pas mordue, ils ont simplement grimpé sur elle. Elle est devenue folle. C'était bon. On l'a suivie d'une rue à l'autre, seulement pour la regarder. Elle voyait des rats partout. Elle s'est enfoncée dans le quartier plutôt que de s'en éloigner. Elle appelait au secours. Comme si quelqu'un dans ce coin pouvait lui venir en aide. Ils riaient sans doute, s'ils entendaient ses cris par-dessus le bruit de leurs radios et de leurs télés.

Catherine trébuche et tombe, puis se relève par la force de sa terreur et essaie de s'accrocher à la voiture. Amusé, Jean Poirier accélère.

— Est-ce que tu n'aimes pas ça surtout quand ils paniquent tellement qu'ils ne sont plus humains ?

La voiture tourne dans une autre rue.

Marie-Louise aperçoit les lumières de la partie sûre de la ville, quelques rues plus loin. Si Catherine continue à courir, elle sera sauvée.

Si elle s'en sort, est-ce qu'elle appellera la police ou ses parents qui ne se soucient pas d'elle ?

— Pourquoi les Masson n'ont-ils rien fait ?

— Ils ne disent jamais rien, dit Jean Poirier. Ils ont honte. Ils croient toujours que c'est leur faute.

Ils ne racontent que la moitié de ce qui est arrivé, ou rien du tout, ou ils attendent des mois avant d'en parler. Cette vieille Sonia a tout raconté de travers aux pompiers qui l'ont trouvée par hasard. Elle s'est trompée sur l'heure, la description de la voiture, les rats. Elle n'avait aucune preuve contre toi et moi. Vincent est un peu irrité, bien sûr. Sa sœur a reçu des soins psychiatriques pour se débarrasser de ses visions de rats. J'ai trouvé un rat et je l'ai mis dans son casier. Elle s'est retrouvée en thérapie. La seule chose qui m'a déçu, c'est de ne pas avoir vu son visage quand elle a ouvert son casier. Ça ne sert à rien de faire tout ça si on ne peut pas voir leur panique.

Marie-Louise préférerait qu'il ait des crocs et des pouvoirs surnaturels. Mais Jean Poirier n'est qu'un humain sans âme et sans cœur, sans conscience ni compassion.

Et ainsi était Madrigal.

Jean Poirier s'explique avec toute la franchise d'un amoureux.

— Jean Poirier a toujours été seul, dit-il, en parlant de lui-même à la troisième personne. Qui aurait deviné qu'il trouverait une partenaire ?

Il saisit la main de Marie-Louise tout en conduisant, et la presse affectueusement.

Il nage dans les eaux du mal, qui clapotent devant Marie-Louise, comme si elle était un galet sur le rivage d'un lac maléfique et qu'elle serait bientôt submergée.

— Oh ! Madrigal ! dit-il passionnément.

Marie-Louise voit qu'il est vraiment amoureux.

Elle croyait que les gens mauvais étaient incapables d'amour, mais elle avait tort : ils peuvent aimer aussi fort.

Jean Poirier aime Madrigal.

— Oh ! Madrigal ! Je suis si heureux qu'on se soit débarrassés de Marie-Louise ! Tu ne recevras plus ces pensées amicales et indulgentes dont elle encombrait ton esprit.

Il l'embrasse et, en dépit de l'horreur, c'est un merveilleux baiser, parce qu'il est plein d'amour sincère.

— Tu me ressembles, dit-il. Pour toi, les gens ne sont pas différents des moutons, des fourmis ou des hamsters. Ils respirent et ils servent à nous divertir.

Les paillettes d'or brillent dans ses yeux.

— Et maintenant, dit-il, amoureusement, je veux te voir paniquer, toi aussi.

Et il ouvre la portière.

Chapitre 11

« Je ne bougerai pas », se dit-elle.

« Je vais tout simplement rester immobile dans la rue.

« Rien ne peut m'arriver au milieu de la rue. »

Jean Poirier est assis dans la voiture verrouillée et il rit.

Marie-Louise regarde ailleurs, vers le bout de la rue plongé dans les ténèbres et dans l'autre direction où les phares font des cercles jaunes. Il lui faudrait un allié.

Ce n'est pas différent du pensionnat, de la cafétéria. Tout ce qu'on veut dans la vie, c'est quelqu'un à nos côtés.

Elle appelle Catherine, mais la terreur l'empêche de projeter sa voix. Seul un murmure sort de sa bouche. Personne ne vient à son aide.

Par contre, un rat vient à ses pieds.

Elle ne savait pas qu'un rat pouvait être si gros, si peu craintif.

L'animal saisit un lacet avec ses dents jaunâtres.

Et le cri que Marie-Louise ne pouvait pas pousser jaillit de lui-même.

Elle donne un coup de pied pour que le rat lâche prise.

À son tour, elle essaie de monter dans la voiture, de tirer les portières, de griffer les vitres, n'importe quoi pour être en sécurité.

Jean Poirier est ravi.

Il l'observe, les yeux brillants.

Le rat l'a rejointe.

Elle court. Elle ne sait pas si elle fuit le rat ou Jean Poirier, assis confortablement, comme s'il attendait le feu vert.

Sauf que le rat la suit.

La rue est le territoire de l'animal. Marie-Louise doit quitter la rue. Elle doit courir plus vite que lui. Elle entre dans un édifice. Elle grimpe une marche, une deuxième. La troisième marche se brise sous son pied. Sa chaussette et sa chaussure sont déchirées. Elle tombe là où il n'y a probablement pas que des rats, mais des serpents aussi. Dans un trou plein d'araignées, de bêtes qui mordent et qui piquent.

Marie-Louise ne savait pas qu'elle pouvait pousser tant de cris différents.

Jean Poirier fait maladroitement reculer sa voiture. Elle espère qu'il la fracassera contre un mur, mais il ne va pas assez vite pour ça.

Il baisse sa vitre et lui demande en riant :

— Hé, Madrigal, qu'est-ce qui se passe ?

Catherine apparaît au coin de la rue. Ses yeux

sont anormalement agrandis. Ses mains et ses genoux sont sales. Elle est tombée, sans doute plus d'une fois.

Jean Poirier sort du véhicule. Il accompagne Catherine vers la voiture, comme un garçon prévenant.

— Jean Poirier, mon pied est pris, dit Marie-Louise.

— Quel dommage ! dit-il en installant Catherine sur le siège avant.

Il attache soigneusement sa ceinture de sécurité et referme doucement la portière.

— Adieu, Madrigal ! dit-il en lui envoyant un baiser.

Il fait le tour de la voiture.

« Verrouille les portières, Catherine ! pense Marie-Louise. Laisse-le dehors. Ça ne me fait rien d'être en danger si Jean Poirier l'est, lui aussi. »

Catherine se presse contre la portière, sans bouger.

« Jean Poirier effrayait tellement Madrigal qu'elle devait participer à ses jeux, se dit Marie-Louise. Ma sœur ne voulait pas faire ça. Jean Poirier la forçait... »

Non, celle qui lui a rendu visite au pensionnat n'avait pas peur de son petit ami. Penser à Jean Poirier n'avait amené que des sourires sur le visage de Madrigal.

« Pas étonnant que Vincent me déteste, se dit Marie-Louise. Pas étonnant que Sonia ait peur de moi. »

Jean Poirier s'appuie sur l'arrière de la voiture.

Elle sait ce qu'il veut. Il veut qu'elle supplie, qu'elle dise les mots magiques: « S'il te plaît.»

Il veut du pouvoir.

Il veut avoir la preuve qu'il peut provoquer la peur et l'effacer.

« Je vais l'arrêter, se dit-elle. Je vais provoquer sa fin. Je ne le laisserai plus jamais, jamais, faire du mal à quelqu'un !»

— S'il te plaît, Jean Poirier, supplie-t-elle. S'il te plaît, ne m'abandonne pas ici.

Il donne des coups de pied sur la marche cassée pour libérer le pied de Marie-Louise. Il l'aide à s'installer sur la banquette arrière, comme un vrai gentleman. Au moment où elle s'assoit sur le siège de cuir, elle se sent redevenir civilisée.

Jean Poirier la remercie:

— Madrigal ! C'était super ! Tu étais aussi terrifiée que n'importe lequel d'entre eux. Parce que tu savais que je pouvais vraiment te laisser là. Tu savais de quoi avoir peur.

Il rit.

— Est-ce que ce n'était pas absolument excitant, Catherine ? dit-il en lui dédiant un sourire éblouissant. Il n'y a rien comme d'être en danger.

Catherine éclate en sanglots.

Ils atteignent le centre-ville, dix rues et des milliers de kilomètres d'émotions plus loin. Des spectateurs sortent d'un théâtre, la foule envahit les restaurants brillamment éclairés.

Jean Poirier écarte les mains de Catherine de son visage ruisselant de larmes. Il choisit une des larmes et la saisit délicatement au bout de son doigt.

Il boit la larme.

Marie-Louise se force à penser à des choses réconfortantes. Autrefois, elle aurait aussitôt pensé à sa sœur jumelle, mais il n'y a plus rien de stimulant dans cette pensée-là.

— Les larmes sont notre âme, dit Jean Poirier. Les larmes sont notre douleur.

« Non, les larmes ne sont qu'une preuve, une façon cruelle de montrer que tu as blessé quelqu'un », pense Marie-Louise.

Elle se rend compte qu'il y a quelque chose d'animal en Jean Poirier ; il est proche du rat. Il est si beau qu'il est difficile de croire que sous les vêtements chic, les cheveux magnifiques, le sourire éclatant et les paroles charmantes, il y a moins qu'un humain.

« Est-ce que papa et maman étaient au courant des actions de Madrigal ? » se demande-t-elle, tandis que la voiture reprend la voie rapide. « Ils savaient que j'étais en danger. Est-ce que les parents d'autres élèves les ont appelés ? Est-ce que Madrigal s'est vantée de ses exploits ? Est-ce qu'ils l'ont suivie ? »

Maintenant, les trois mille deux cent dix-huit kilomètres lui paraissent un beau cadeau. Si seulement ça avait fonctionné ! Marie-Louise préférerait avoir souffert de sa séparation d'avec Madrigal plutôt que d'avoir appris quel genre de personne elle était.

« Je dois m'assurer que maman et papa savent que je suis Marie-Louise, se dit-elle. On doit enterrer Madrigal profondément dans nos mémoires et pour de bon. »

Et Jean Poirier, comment l'enterrer ?

Marie-Louise soupèse des idées, mais aucune n'est réalisable. Jean Poirier s'échapperait et, quelque temps plus tard, ici ou ailleurs, recommencerait ses jeux dangereux.

Mais Jean Poirier sait comment s'y prendre. Déjà, Catherine lui sourit. Déjà, il lui a fait avouer que cette soirée a été toute une aventure. Déjà, elle espère qu'il lui donnera un autre rendez-vous.

Cela épouvante Marie-Louise encore plus que le rat.

Catherine coopère.

Catherine ne dira rien à personne.

Elle n'ira pas le dénoncer à la police. Rien ne pourra arrêter Jean Poirier, ni la police, ni le directeur de l'école, ni les parents.

Seulement Marie-Louise.

Ils reconduisent Catherine chez elle. Elle les remercie après leur avoir souhaité bonne nuit. Jean Poirier rit pendant tout le trajet vers leur école.

Comme Marie-Louise a hâte de se retrouver dans sa propre voiture !

Il est évident qu'il y a eu une activité après l'école, car des élèves sortent de l'édifice en criant et en levant les bras en signe de victoire.

C'est bien d'aimer le sport : le pire qui puisse

arriver, c'est de perdre une partie.

— Jean Poirier, on ne fera plus de mal à personne, dit-elle. Ce petit jeu est fini.

— Qu'est-ce que tu essaies de faire ? demande-t-il d'un ton soupçonneux.

— C'est vraiment mal ! Il faut que tu cesses d'agir comme un pourri.

— C'est trop amusant, dit-il en riant. Tu aurais dû voir ta face, Madrigal ! Et puis tout le monde m'envie. Je fais ce que je veux. Ils le voudraient, eux aussi, mais ils sont trop timides. Je vais tous les avoir. On leur fera faire du tort les uns aux autres.

— Tu ne feras pas ça ! Ils ne te suivront pas. Cette école est pleine de bonnes personnes.

— Nommes-en une, dit-il, sceptique.

C'est facile, elle peut même en nommer deux : Sonia et Vincent.

— Vincent est bon, dit-elle.

Elle vient de commettre une grossière erreur.

Le visage de Jean Poirier s'assombrit. Il s'écarte d'elle et elle aperçoit durant une seconde la créature qui vit sous sa peau. Une créature sans humanité ni compassion. Une âme aussi vide que la fiole dans laquelle il a recueilli sa larme.

— Tu l'aimes ! dit Jean Poirier, sincèrement bouleversé. *Tu aimes Vincent !*

Elle a oublié que Jean Poirier est amoureux de Madrigal, qu'il lui fait confiance, qu'il se confie à elle.

Elle a trahi Jean Poirier et, ce faisant, elle trahit

Vincent. Car Jean Poirier, qui voulait seulement s'amuser, a maintenant un motif plus grave de poursuivre son jeu.

Le désir de blesser Vincent flamboie en lui.

Il sort de sa voiture et scrute la foule.

Vincent et Sonia sortent de l'école.

— Qui est là ? Vincent ! dit Jean Poirier avec un grand sourire.

Il avance comme une créature marine, se glissant dans la foule.

Chapitre 12

Dès qu'il l'aperçoit, Vincent se place devant sa sœur.

Marie-Louise l'admire pour son geste. « J'ai déjà été aussi proche de ma sœur, se dit-elle. Madrigal et moi, on a déjà eu confiance l'une en l'autre et on s'est déjà occupées l'une de l'autre.»

Leur mère leur avait raconté que lorsque les sœurs jumelles étaient petites, elles s'endormaient exactement au même instant et le rythme de leur respiration était pareil. Elles mangeaient leurs céréales en synchronisme, les deux petites mains droites se levant en même temps. Elles couraient pour attraper leur autobus scolaire, leurs pas sautillants accordés comme un numéro de chorégraphie.

« Où es-tu allée, Madrigal ? » pense Marie-Louise.

Mais elle n'a pas de temps à perdre pour une sœur perdue. Elle doit continuer.

— Laisse Vincent et Sonia tranquilles, crie-t-elle d'une voix enrouée.

Naturellement, Jean Poirier ne prête pas attention

à ce qu'elle dit et continue de se rapprocher de Vincent.

Elle s'élance entre eux.

— Madrigal, c'est mon jeu, dit Jean Poirier sans la regarder.

— Ce sont des humains, pas des pions, dit-elle en lui barrant le passage.

Il n'en croit pas ses yeux. Personne ne lui barre jamais la route.

— Qu'est-ce qui se passe ? demande-t-il. Qui crois-tu être ? Je fais ce que je veux.

— Non.

— Madrigal ! Tu me fais perdre patience !

Elle frissonne. Faire semblant d'être Madrigal la mine comme une maladie mortelle. Elle a l'impression que le subterfuge dure depuis des mois.

Jean Poirier a envie de la pousser violemment de côté. Elle sent que son irritation grandit et qu'il la contrôle de justesse. Elle a l'impression d'être à cheval sur une faille géologique.

« Qui est Jean Poirier ? » se demande-t-elle en voyant sa fureur.

Elle ne sait rien de son passé ni de son présent. Elle ne connaît pas son adresse. Elle n'a pas son numéro de téléphone. Il n'a jamais parlé de ses parents, ne les a jamais cités, ne s'est jamais plaint de leurs règlements, n'a jamais désiré leur approbation. Il n'a jamais fait mention de frères ou de sœurs, de chien, de chambre ou d'une quelconque possession. Il semble ne pratiquer aucun sport et, bien qu'il aille en classe, il ne paraît inscrit à aucun cours.

Il est juste là.

— Si tu essaies de nous faire croire que tu es de notre côté, Madrigal, dit Vincent, simplement pour nous attirer à toi ou nous diviser, tu dois savoir qu'on te perce à jour. Tu es aussi dérangée que Jean Poirier.

Elle désire désespérément que Vincent sache qui elle est.

— Tu ne réussiras pas, Madrigal, poursuit Vincent. On a trop joué ton jeu. On ne se laisse pas avoir cette fois. On va à notre voiture. Vous ne vous approchez pas de nous, ni l'un ni l'autre. Vous ne pouvez pas nous toucher, ni nous parler. Jamais plus.

Le cœur de Marie-Louise se brise. Elle rougit de honte et cela la rend très belle.

—Madrigal ? dit Jean Poirier.

Elle ne sait pas si sa voix tremble de rage ou d'adoration.

Vincent et Sonia se dirigent vers leur voiture, mais Jean Poirier s'interpose entre eux et leur véhicule. Il s'adresse à Madrigal, sans les quitter des yeux :

— Souviens-toi du jour où on a vu quelqu'un se noyer, Madrigal ! Te souviens-tu ? On est restés sur la rive et on a regardé. Est-ce que tu te rappelles comme les feuilles d'automne étaient colorées, comme elles tombaient sur l'eau pendant qu'il s'enfonçait ? Souviens-toi comme il est remonté à la surface et qu'il nous a appelés. Il savait qu'on était là, Madrigal.

Les vapeurs de sa méchanceté s'étendent comme une brume. Marie-Louise voudrait s'éloigner, mais sa voix la retient.

— La dernière fois qu'il est remonté, il n'avait plus assez de force pour crier et on l'a salué, dit Jean Poirier, les yeux brillants. Toi et moi, Madrigal. Souviens-toi comme c'était amusant quand il s'est enfoncé. Il savait qu'on aurait pu faire quelque chose. Et il savait qu'on ne le ferait pas. C'est ce qui est le plus amusant. Quand on *pourrait* faire quelque chose, mais qu'on ne le fait pas. Et les victimes s'en rendent compte. Elles savent qu'on choisit de ne pas les sauver.

Sonia pleure.

Vincent n'a pas changé d'allure, mais son teint est pâle.

Marie-Louise lutte contre l'horreur, elle aussi. « Ma sœur a fait ça ? » se demande-t-elle.

Elle a une faiblesse soudaine et tombe à genoux devant Jean Poirier, dans l'attitude de quelqu'un qui mendie de la pitié.

— Je ne pratique pas la pitié, dit-il. Je ne fais rien qui pourrait m'envoyer en prison, non plus. Je me contente de ne pas intervenir. Je regarde. Ce qui arrive, arrive. J'adore voir ça.

Elle a l'impression de se replier sur elle-même, de rapetisser et rapetisser. Elle ne ressent plus qu'une douleur atroce. Il est mauvais. Il n'est pas un mirage ni un fantôme ni un vampire, mais un être mauvais. Et ou Madrigal était semblable à lui de naissance, ou il lui a enseigné à le devenir.

— Et toi aussi, Madrigal. N'essaie pas de faire croire maintenant que tu n'as pas aimé ça autant que moi. N'essaie pas de regagner Vincent Masson en faisant croire que tu es vraiment quelqu'un de bien. Tu es Madrigal, celle qui rit pendant que des gens meurent.

Il fait un grand sourire, le sourire de quelqu'un qui trouve sa vie satisfaisante.

— Je ne ferai rien avec toi, Jean Poirier ! s'écrie-t-elle. Je vais t'empêcher de continuer.

Il rit. Ses yeux brillent.

— Rien ne m'arrête. Et surtout pas toi, Madrigal ! Je choisirai les victimes que je veux. Y compris toi, si je te veux.

Dans le terrain de stationnement que Marie-Louise croyait désert, des élèves apparaissent. Ils forment un cercle silencieux et observent la scène.

— Ah ! voilà ce que j'aime ! dit Jean Poirier. Un large auditoire.

Elle les connaît. Il y a Georges, Cyrille, Stéphane, Roger, Caroline, Corinne... et Catherine.

La voix de Jean Poirier se fait séductrice.

— Reste avec moi, Madrigal. On est des jumeaux, toi et moi, te souviens-tu ? On est un couple parfait.

— Non, Jean Poirier.

— Tu m'appartiens, Madrigal. Je sais tout ce que tu as fait. Je sais même que tu as tué ta propre sœur. Marie-Louise était loin, mais elle continuait à être présente. Tu ne pouvais pas le supporter ! Tu ne pouvais pas supporter ces douces petites pensées qu'elle soufflait vers toi. Tu ne pouvais pas supporter ses gémissements : « Viens me voir. » Tu as décidé que la distance n'était pas suffisante. Tu voulais qu'elle disparaisse à jamais.

Marie-Louise se redresse et met les mains sur ses hanches pour se donner du courage.

— Je ne suis pas Madrigal, dit-elle. Je ne sais pas ce que Madrigal voulait faire à Marie-Louise, mais il n'est rien arrivé à Marie-Louise. C'est Madrigal qui a eu un accident. Le corps a été identifié comme étant celui de Marie-Louise parce qu'elle portait mon ensemble de ski. Et moi, Marie-Louise, j'ai laissé dire, j'ai profité de la méprise. Je croyais qu'elle avait une meilleure vie que la mienne, et je croyais que je voulais vivre sa vie. Maintenant, je vois que la vie de Madrigal était laide, stérile et cruelle. Et toi aussi, Jean Poirier, tu es laid, stérile et cruel. Et je vais t'empêcher de nuire.

L'air est moins froid. Le vent s'est calmé.

— Tu *es* Marie-Louise ? murmure Sonia.

— Ce n'est pas elle ! crie Jean Poirier. Je sais tout, et je l'aurais su.

Il saute sur place comme s'il voulait écraser le doute sous ses pieds.

Marie-Louise croise les bras sur sa poitrine. Le souvenir de sa sœur et la violence de Jean Poirier vont la détruire si elle ne se protège pas.

— Tu ne connais pas grand-chose, Jean Poirier,

dit-elle. Tu ne connais rien à l'amour. Tu as corrompu Madrigal, mais tu ne m'auras pas.

— Tu es *Madrigal* !

— Je suis Marie-Louise.

— Impossible ! Je ne me laisse pas tromper. *Je l'aurais su.*

Il prend la petite fiole au creux de sa main, et Marie-Louise comprend soudain que c'est pour sa protection qu'il porte la chaîne d'or et le talisman. Il se sent plus grand et plus fort.

Elle saisit la chaîne et la tire violemment. La chaîne se brise sur la nuque du garçon. Marie-Louise la jette dans les mauvaises herbes.

Il y a un grand silence.

Il y a une grande noirceur.

Il y a un grand étonnement.

— Tu *es* Marie-Louise ! chuchote Sonia.

Elle s'avance en contournant son frère, n'osant pas y croire.

— Je suis désolée, dit Marie-Louise en pleurant. Oh ! Sonia, je m'excuse pour tout ce que ma sœur t'a fait endurer ! Je ne savais pas ! Je connaissais une autre Madrigal. Je ne connaissais pas celle-ci, cette Madrigal qui faisait souffrir les gens et y prenait plaisir.

Sonia dépose un doux baiser sur la joue de Marie-Louise. Il ressemble de façon insupportable aux baisers que se donnent des sœurs jumelles.

— On te pardonne pour ce que Madrigal était et pour ce qu'elle a fait, dit Sonia.

Marie-Louise abandonne Jean Poirier. Elle le laisse seul, humilié, battu. Elle le laisse après l'avoir traité de laid et de stérile. Elle va avec Sonia, Vincent et les autres.

Personne ne supporte d'être abandonné.

Personne ne supporte qu'un groupe lui tourne le dos.

L'être mauvais a besoin d'un public. Il doit se vanter. Il doit faire son cinéma. Il doit faire le fanfaron.

Jean Poirier leur montrera.

Il n'a pas dit son dernier mot.

Chapitre 13

Tous ceux qui regardaient se remettent en mouvement.

Ils vont à leur voiture. Les conversations et les rires reprennent. Ils parlent du match qui vient de finir, du prochain événement.

— La Journée de Neige a lieu samedi, dit Cyrille.

— Je participe à la course à relais, dit Stéphane.

— Je vends des t-shirts, dit Caroline.

— Je vends du chocolat chaud, dit Corinne.

— Je loue les patins à glace, dit Roger.

Vincent et Sonia accompagnent Marie-Louise jusqu'à sa voiture. Vincent lui ouvre la portière et veille à ce que les autres portières soient verrouillées. Il attend qu'elle sorte sa clé.

— Je suis sidéré, dit-il. Je dois admettre que je te crois à moitié, Marie-Louise. Madrigal était si habile. Elle pouvait tromper n'importe qui.

— Elle m'a trompée, dit Marie-Louise.

— Je ne crois pas une minute que Madrigal avait l'intention de te faire du mal quand elle t'a rendu visite, dit Sonia. C'est typique de Jean Poirier, cette histoire. Je suis sûre que Madrigal s'ennuyait vraiment de toi.

Vincent ne dit rien. La dureté de son regard et la ligne de sa bouche indiquent qu'il croit que Madrigal avait prévu de causer du tort à sa sœur. Il n'a aucune difficulté à le croire.

Ce qu'il a de la difficulté à croire, c'est que Madrigal n'ait pas réussi à lui faire du mal et que c'est Marie-Louise qui ait survécu.

Sous l'éclairage diffus du terrain de stationnement, les élèves ont l'air de fantômes dans leurs autos. Les moteurs tournent. Lentement, les voitures se mettent en route comme un troupeau migrateur.

Vincent et Sonia se dirigent vers leur voiture.

Marie-Louise tourne la clé de contact.

Vincent et Sonia referment leurs portières et les verrouillent.

La clé de contact tourne, mais le moteur de la voiture de Marie-Louise ne démarre pas.

La voiture de Vincent et de Sonia démarre et quitte le terrain de stationnement.

Marie-Louise essaie à nouveau de faire démarrer la sienne. Le moteur reste silencieux. Elle essaie à nouveau. Le moteur reste silencieux et...

... Jean Poirier se glisse sur le siège du passager.

— J'avais verrouillé la portière ! s'exclame Marie-Louise.

— J'ai une clé, bien entendu. Et j'ai pris soin

d'empêcher ton auto de démarrer. Fais un beau salut à tes petits amis, Marie-Louise.

Mais ses amis sont partis. Elle ne voit plus rien que des phares arrière qui disparaissent au loin. Le dernier à quitter la salue d'un signe de la main. Est-ce qu'il sait quelque chose ? Est-ce qu'il ne voit pas qui est assis dans la voiture près d'elle ? Est-ce que cet élève ne fait pas exactement la même chose que Madrigal et Jean Poirier : s'en aller sans rien faire ?

— La Journée de Neige, dit méditativement Jean Poirier. Donnons-lui un autre nom, Marie-Louise. Appelons ça la Journée de Pièges. Qui allons-nous piéger, ma nouvelle petite jumelle ?

Il sourit. Ses doigts se referment sur le poignet de Marie-Louise.

— Ainsi, tu es Marie-Louise ! poursuit-il en secouant la tête. C'est fascinant. Madrigal a essayé de m'affronter, une fois, elle aussi.

— Elle l'a fait ?

Marie-Louise sent un rayon d'espoir illuminer la mémoire de sa sœur.

— Tu es plus brave qu'elle l'était. Tu essaies une deuxième fois.

« Je suis plus brave que Madrigal ? »

— Mais ça ne marchera pas. Je ferai de toi ma jumelle, tout comme j'ai fait de Madrigal ma jumelle. Toi et moi, on sera les jumeaux maléfiques.

— Jamais ! De toute façon, tu n'es pas maléfique. Tu es ordinaire. Tu es seulement médiocre et petit. Tu es seulement laid et inutile. Le monde est plein de gens comme toi.

Jean Poirier est furieux. Y a-t-il pire insulte que d'être traité de personne ordinaire ?

— Je suis maléfique, lui dit-il.

Il lui lève le menton comme s'il allait l'embrasser sur la bouche, mais il continue à le lever, découvrant son cou sans défense.

— Et tu y as goûté, Marie-Louise. Tu étais une passagère de la voiture qui a emporté cette chère Catherine dans le quartier maudit.

— Je ne savais pas ce qui allait arriver.

Jean Poirier rit. Et son rire monte comme la pollution d'une vieille usine.

— Tu savais qu'il allait se passer quelque chose de mal, et tu voulais voir ce que c'était. Ne mens pas, Marie-Louise. Mais même si tu ne mentais pas, tu es quand même prise. Tu vois, une fois que tu es devenue mauvaise, tu restes mauvaise. Tu n'as qu'une chance. Tu ne peux pas dire : « Oh ! ne comptons pas cette fois-ci ! Je suis désolée, maintenant. Je veux redevenir bonne. »

— Oui, tu le peux. Tu peux dire que tu es désolé.

Elle se demande ce qu'il va lui faire. Il est beaucoup plus fort et il court plus vite qu'elle.

— Les gens adorent dire qu'ils sont désolés, approuve-t-il. Et peut-être que quelqu'un, quelque part, te donne des bons points pour ça. Mais tu restes mauvaise, que tu sois désolée ou non.

Il y a une sorte de pureté en Jean Poirier. Est-ce

que les gens ne sont pas un amalgame de qualités et de défauts ? Est-ce que la plupart des gens, quelle que soit leur laideur, ne possèdent pas une qualité qui rachète leurs défauts ? Jean Poirier est du pur acide, une vraie ordure.

— Qu'est-ce que tu as fait à ma voiture pour la mettre hors d'état de fonctionner ? demande-t-elle.

— Oh ! oui, je vais te le dire pour que tu puisses faire la même chose à la mienne ! réplique-t-il.

« Comme c'est étrange ! se dit-elle. Je n'y ai même pas pensé. Je voulais seulement changer de sujet et peut-être essayer de voir comment je pourrais faire démarrer la voiture.»

— J'ai peut-être été trompé par des vêtements, Marie-Louise, dit-il. Mais toi ! Tu as été trompée pendant toute la vie de Madrigal !

— Pas sa vie tout entière, réplique Marie-Louise. Pendant une partie de nos vies, pendant la plus grande partie de nos vies, Madrigal était bonne.

— Madrigal est née mauvaise et elle est devenue pire, grogne-t-il. Madrigal détestait être une jumelle. Elle te détestait d'être sortie avec Vincent et d'avoir passé un après-midi au centre commercial avec Sonia. Elle détestait que tu lui ressembles, que ta voix et tes gestes soient les mêmes. Elle croyait que l'éloignement suffirait à changer cette situation, mais ça n'a pas été le cas. Il y avait toujours ton aura dans la maison. Vos parents s'ennuyaient de toi. Ta chambre existait quand même. Elle pouvait sentir les ondes que tu essayais de lui communiquer. Elle entendait tes messages disant à quel point tu te sentais seule et effrayée. Bien sûr, ils la réjouissaient, mais elle détestait que tu aies encore le moyen de l'atteindre.

C'est aussi bien que Marie-Louise n'ait plus d'ondes mentales à partager avec sa sœur jumelle. « Ne me raconte pas ce qu'elle avait planifié pour cette visite, pense-t-elle. Ne me donne aucun détail de ce que Madrigal t'avait dit qu'elle me ferait.»

— La Journée de Neige, dit Jean Poirier, qu'est-ce que c'est ?

À l'arrière des courts de tennis et de la piste ovale, par-delà le bosquet de pins qui borde le terrain de l'école, un charmant petit lac s'écoule dans une rivière sauvage et écumeuse. Pendant les activités de la Journée de Neige, tous les endroits sont utilisés : les courts de tennis, la piste de course, le bosquet, le lac et la rivière. C'est une journée de fête, le point culminant de la saison, dédiée au plaisir et à l'amitié.

Marie-Louise a une idée.

— Madrigal et moi, on a toujours aimé la Journée de Neige, dit-elle. On portait des ensembles rouges semblables quand on était petites, et maman faisait boucler nos cheveux par-dessus la bordure blanche de nos capuchons, et on faisait durcir du sirop d'érable sur la neige, et on dévalait les pentes en toboggan.

— Épargne-moi tes souvenirs d'enfance, dit Jean Poirier. Le passé ne m'intéresse que si j'en fais partie.

— Tu as dû en faire partie d'une manière ou d'une autre. Comment-tu es arrivé ici ? D'où viens-tu ?

— Mes parents sont ennuyeux, dit Jean Poirier en riant silencieusement. Ils sont stupides et fades. Ma vie entière pourrait être ennuyeuse et fade, mais j'ai décidé d'avoir du plaisir, Marie-Louise, et je vais en avoir avec toi.

Elle se mouille les lèvres, en dépit du fait qu'ainsi Jean Poirier connaîtra son anxiété et pourra s'en servir contre elle.

— La Journée de Neige est une si jolie fête, dit-elle en fermant les yeux. Il y a des concours de sculptures sur glace et de bonshommes de neige. Il y a des courses d'attelages de chiens de traîneaux. Il y a des compétitions de patins à glace et de ski de randonnée, et il y a aussi des activités folles, comme des batailles de boules de neige et des concours de dégustation de glaçons aux jus de fruits. Alors, ne viens pas perturber cette journée-là, Jean Poirier. C'est un jour important. Garde tes petites farces stupides pour les jours d'école. Ne fais pas l'idiot pendant la Journée de Neige.

— Je ne fais pas l'idiot ! Des farces ! marmonne-t-il tout bas.

— Des farces enfantines, dit Marie-Louise. Tu n'es qu'un frustré. Je veux que tu fasses de vrais efforts pour agir en adulte. Tu n'as pas beaucoup de maturité, Jean Poirier, tu peux…

— Je vois pourquoi Madrigal te détestait. Tu n'es qu'une espèce de sermonneuse vieux jeu…

— J'essaie seulement de t'aider, Jean Poirier. Est-ce que tu as déjà pensé à consulter un psychiatre ? Bon, on gardera ce sujet pour un autre jour, quand tu seras de meilleure humeur. Samedi, c'est la Journée de Neige, et tu ne dois absolument rien faire de vilain.

— De vilain ! s'exclame-t-il.

— Et en plus, si tu étais vraiment un homme et que tu avais du talent…

Il a envie de la frapper. Chacun de ses muscles se contracte pour frapper. Marie-Louise se crispe, s'attendant à recevoir un coup.

Mais il ne fait rien.

— Je ne pratique pas la violence, dit-il doucement. Je me contente de l'observer. Je n'interviens pas. Alors je ne te blesserai pas avec mes poings, Marie-Louise. Mais je me servirai de la Journée de Neige, étant donné qu'elle a un si joli nom : Journée de Pièges.

Jean Poirier est un brouillard de la nuit qui plaque le mal sur tout.

— Fais tout ce que tu veux la semaine prochaine à l'école, mais promets-moi de ne pas toucher à la Journée de Neige, dit Marie-Louise d'une voix sévère.

— Je ne fais jamais de promesses ! dit Jean Poirier en riant. Et si j'en faisais, est-ce que tu crois que je les tiendrais ?

Il sort de la voiture et ouvre le capot. Il prend dans sa poche une petite chose ronde, qu'elle ne peut pas vraiment voir d'où elle est, et il la visse dans le moteur. Il lâche le capot, qui retombe et se referme de lui-même.

Le moteur se met à tourner.

Jean Poirier fait un bond de côté pour qu'elle ne puisse pas lui passer dessus avant de l'abandonner dans le terrain de stationnement.

— On est en compétition, toi et moi, Marie-Louise, dit-il. Bienvenue sur mon terrain de jeu. Il n'y a pas de règles. Il n'y a pas de loyauté. Je ne donne pas d'avertissements. Je vais gagner.

Lorsqu'elle rentre chez elle, ses parents l'attendent. Ils sont effrayés. Ils se sont habillés pour sortir à sa recherche, mais ils ne l'ont pas fait. Ils se méfient sans doute. Ils sont probablement déjà partis à la recherche de Madrigal, et ils l'ont regretté.

Elle va droit au but.

— J'ai quelque chose à vous dire, commence-t-elle. Je suis Marie-Louise, et non pas Madrigal. Quand elle a été tuée, tout le monde a cru que c'était moi. À cause de l'ensemble de ski, qui était le mien. Voilà sur quoi tout le monde s'est basé pour croire que j'étais morte. Et je les ai laissés faire. Je voulais vivre la vie de Madrigal. Madrigal vous avait ! Elle était à la maison. Elle avait tout ce qui me manquait tellement. Alors j'ai porté ses vêtements, j'ai occupé sa chambre et sa vie. Je lui ai même pris son petit ami. Mais je le regrette maintenant. Madrigal n'avait pas le genre de vie que je veux.

Ses propos ne les surprennent pas. Elle voit qu'ils étaient au courant du subterfuge. Et ce, dès le premier instant.

— Maman ? Papa ? dit-elle en tremblant.

Vite, ils l'étreignent et l'inondent de leur amour.

— Vous le saviez ? s'écrie-t-elle.

— Bien sûr qu'on le savait, dit doucement sa mère. On l'a su tout de suite. Ce qu'on ne savait pas, c'était que faire ensuite. On avait peur. Des parents ne devraient jamais avoir peur.

— Ma chérie, je ne sais pas ce que tu as découvert au sujet de Madrigal, dit son père. Je ne sais pas ce que tu savais déjà. Il y avait quelque chose qui n'allait vraiment pas chez ta sœur. Ça a toujours été ainsi. Elle était une petite fille terrifiante. Elle n'exerçait pas sa méchanceté sur toi, et on pensait que tu lui servirais de modèle. On pensait qu'elle regretterait les choses qu'elle avait faites et qu'elle deviendrait comme toi, plus gentille. Qu'elle serait vraiment gentille, pas seulement pour obtenir ce qu'elle voulait.

— Mais les choses ont empiré, dit sa mère. Chaque année, elle devenait de plus en plus violente. Elle nourrissait une telle colère. Elle était furieuse tout le temps. On a fini par découvrir qu'elle était furieuse contre toi, sa sœur jumelle ! Elle était furieuse que tu existes ; furieuse que tu possèdes la même beauté qu'elle. Madrigal se tenait devant le miroir et, comme une reine démente dans un conte de fées, elle hurlait : « Miroir, miroir, dis-moi qui est la plus belle ! » Puis elle enrageait de n'être pas la plus belle, que tu sois aussi belle qu'elle.

— Quand tu lui tournais le dos, Marie-Louise, dit son père, elle te regardait avec une telle haine dans les yeux, qu'on tremblait pour toi. On a essayé de lui en parler et elle est arrivée avec sa propre solution : vous séparer toutes les deux. Alors c'est ce qu'on a fait.

« Est-ce que Madrigal a toujours ressenti cette colère ? se demande Marie-Louise. Est-ce qu'elle a grandi avec les années ? Est-ce que Jean Poirier y est pour quelque chose ? »

« Oh ! Madrigal, je ne voulais pas être la plus belle ! Je voulais qu'on soit les plus belles toutes les deux. On aurait pu l'être. Tu n'avais pas besoin de détruire notre lien. »

— On t'a laissée tomber, dit son père.

— Oui ! dit Marie-Louise. Pourquoi est-ce moi que vous avez envoyée au pensionnat ? Pourquoi n'avez-vous pas envoyé Madrigal ?

— Où l'aurait-on envoyée ? Qui aurait voulu d'elle ? De toute façon, on pensait pouvoir la ramener dans le droit chemin. On croyait que si on n'avait qu'une seule fille à la maison, on pourrait consacrer toute notre énergie à la changer.

— Mais ça n'a eu pour seul effet que de lui donner plus de liberté pour faire ses mauvais coups, dit sa mère. C'était une terrible erreur. Je repense à sa vie et j'essaie de découvrir quand a eu lieu la première erreur, mais je ne trouve pas. Tout ce que je trouve, ce sont deux petites filles que j'aimais tant.

— Pourquoi m'avez-vous laissé faire semblant que j'étais Madrigal ? demande Marie-Louise.

Elle est furieuse. Elle aurait aimé que ses parents ne fassent pas de telles erreurs, qu'ils prévoient ce qui allait arriver plutôt que de prendre une mauvaise décision.

— On savait que tu n'agirais pas comme Madrigal le faisait, dit son père. On savait que tu serais bonne. Tu voulais tellement vivre sa vie. On aurait dû te dire : « Marie-Louise, ne fais pas ça. C'est Madrigal qui est morte. » Mais on était si bouleversés, si troublés. C'était si horrible… qu'on a laissé faire. On s'est contentés de ne pas intervenir.

Marie-Louise comprend alors ce qui est vraiment horrible. La pire des choses, absolument la pire, c'est de voir quelque chose de mal, et de ne rien faire, de ne pas l'empêcher de se produire.

« J'ai vu le mal, se dit Marie-Louise. Il s'appelle Jean Poirier. Et je ne vais pas le laisser faire.»

La conversation avec ses parents dure une bonne partie de la nuit. Finalement, Marie-Louise entre dans la chambre de Madrigal.

Le miroir est poussiéreux.

— Je suis fâchée contre toi, Madrigal, dit-elle, comme si son reflet dans le miroir était sa sœur jumelle. Même si Jean Poirier est séduisant et puissant, tu aurais pu choisir de ne pas t'associer à ce qu'il fait. *Comment as-tu pu faire tout ce mal ?*

Alors qu'on partageait tout, comment as-tu pu choisir d'être mauvaise ?

Il n'y a pas de réponse puisque Madrigal n'existe plus. Marie-Louise touche le miroir, comme elle a touché des milliers de fois le visage de sa sœur.

— Madrigal ! chuchote-t-elle. Je te pardonne. Tu es toujours ma sœur jumelle. Ma sœur jumelle bien-aimée. Tu fais toujours partie de moi. Repose en paix, Madrigal. Je suis Marie-Louise, et je vais mettre Jean Poirier hors d'état de nuire.

Chapitre 14

La fanfare défile entre la piste de course et le lac. Les musiciens s'en donnent à cœur joie. Les élèves de troisième année du primaire, dans leurs ensembles de ski colorés, se préparent pour leur course à relais en patins à glace.

Les élèves de quatrième année boivent du chocolat chaud, tandis que ceux de cinquième préparent des bonbons de sirop d'érable sur la neige. Des forts sont construits en prévision de la bataille de boules de neige. La cabane de bois rond avec son gros feu de cheminée est le seul endroit où il fait chaud. Les enfants y entrent sans cesse pour faire sécher leurs mitaines et en ressortent pour les mouiller à nouveau.

Lorsque Marie-Louise s'avance sur le lac, la glace n'est pas encore solidement prise. Un petit ruisseau y coule et la rend molle par endroits. Sur des tiges métalliques, des petits drapeaux orange, portant l'inscription GLACE MINCE, sont placés aux endroits dangereux.

Jean Poirier tient Marie-Louise par derrière, l'enveloppant de ses bras.

La journée est froide, le ciel gris, le vent coupant. Les enfants grelottent et ferment leurs mains en poings pour les réchauffer dans leurs mitaines. Ils recourbent leurs orteils dans leurs bottes et se mettent les mains sous les bras.

— Où est-ce que les équipes de la course à relais vont patiner ? demande Jean Poirier.

— Là-bas plus loin, répond Marie-Louise. La glace a huit centimètres d'épaisseur à cet endroit.

— Mais ici, la glace est fragile, dit-il avec délectation.

Les parents de Marie-Louise sont avec les autres parents. Les juges, les enseignants et les élèves plus âgés sont partout. Elle fait un pas pour rejoindre ceux avec qui elle veut profiter de cette journée : Vincent et Sonia, Georges, Corinne et Cyrille.

Jean Poirier ne bouge pas. Et de tout son poids il la retient.

— C'est un bon emplacement, remarque-t-il. Si quelque chose va mal, on le verra bien d'ici.

Il s'amuse. Si elle se débat, il s'amusera encore plus. Si elle ne se débat pas, il aura gagné.

Des enfants innocents et doux, ne pensant qu'à leurs jeux dans la neige, courent et patinent.

Le groupe de ses camarades de classe s'approche soudain de Marie-Louise et de Jean Poirier. Leur expression est sévère. Ils ont l'air déterminés.

Ils viennent pour se venger.

Est-ce qu'ils sont aussi en colère contre Marie-Louise ? Est-ce qu'ils vont lui faire payer les fautes de Madrigal ? Est-ce qu'ils croient seulement qu'elle est Marie-Louise ?

Elle lutte à nouveau pour se libérer de la prise de Jean Poirier et, lorsqu'il la lâche soudainement, elle tombe lourdement sur la glace.

Jean Poirier sourit.

Vincent l'aide à se relever.

Sonia s'interpose entre elle et Jean Poirier.

Et les autres élèves entourent Jean Poirier.

«La justice du peuple, se dit Marie-Louise. Ils sont venus en finir avec Jean Poirier.»

Les garçons sont armés, non pas de couteaux, ni de revolvers ni de pierres, mais de longs glaçons pointus. Rien ne fond par cette froidure, et des glaçons durs comme l'acier peuvent atteindre le cœur.

— Non ! murmure Marie-Louise.

— Oui ! disent les autres.

Ils entourent Jean Poirier, qui continue de sourire d'un air supérieur.

Ils détestent ce sourire. Ils vont l'effacer.

— C'est le moment, Jean Poirier, dit Vincent. C'est ton tour.

Jean Poirier hausse les sourcils.

— Tu te vantes d'apprécier les souffrances des autres, dit Catherine. On va voir quelle sensation ça te donne. Parce qu'on va se contenter de te regarder souffrir.

Jean Poirier éclate de rire.

— On ne te fera rien, dit Georges. On va rester passifs.

— Je trouve qu'il devrait subir le même sort que cet homme que Madrigal et lui ont regardé se noyer, dit Georges.

Armé d'un poignard de glace, Georges n'a pas vraiment l'air passif, mais plutôt violent.

Un doute traverse le regard de Jean Poirier. Il n'est pas si sûr de la situation, après tout.

— Je vote pour la mort de Jean Poirier par noyade, dit Catherine.

Jean Poirier est plus grand et plus fort qu'eux, et il jette un regard circulaire qui se veut désinvolte. Mais il n'aperçoit aucune issue, et il n'est pas désinvolte.

— J'appuie, dit Vincent.

— Tous ceux qui sont en faveur, levez la main ! dit Caroline.

— Des oppositions ? demande encore Catherine.

Ils éclatent de rire, car aucun d'entre eux ne voudrait s'opposer à la fin de Jean Poirier.

— Je m'oppose, dit Marie-Louise, d'une voix claire dans l'air glacé.

Ils s'écartent d'elle, et elle s'écarte d'eux, et encore plus de Jean Poirier.

— Ce n'est pas bien, dit-elle. On ne doit pas faire aux autres ce qu'on n'aimerait pas qu'ils nous fassent. On doit être bons, que Jean Poirier le mérite ou non.

Le rire de ce dernier s'élève joyeusement.

— Écoute-le ! crie Vincent. Il sait que tu réagis comme une victime, quand tu dis qu'on doit le laisser aller ! Est-ce qu'il t'a en son pouvoir à la façon dont il avait Madrigal ? On doit empêcher les gens de son espèce de nuire ! Laissons-le couler.

Le groupe approuve, d'un bloc.

Ils s'avancent, forçant Jean Poirier à reculer d'un pas, et d'un deuxième. Et puis les talons de ses bottes s'enfoncent dans la glace ramollie et glissent.

— Non ! proteste Marie-Louise. On ne peut pas faire ça.

— Regarde-nous faire, dit Corinne.

C'est une foule qui agit en dehors d'elle.

Elle n'a pas arrêté sa sœur jumelle ; elle n'a pas arrêté Jean Poirier ; elle ne peut pas arrêter une foule. Elle n'a pas le talent de convaincre.

Une larme roule sur le visage apeuré de Jean Poirier. Il se retourne vivement, cherchant une voie pour s'échapper, et la larme tombe sur la glace, aussitôt remplacée par une autre.

— Il a peur ! s'écrie Catherine. Oh ! super, il a peur !

De l'autre côté du lac, un jeune patineur quitte la course.

La tête penchée, les jambes bougeant rapidement, le petit coureur vêtu de bleu clair ne pense qu'à aller vite. Les bruits de la foule, qui crie son nom : « Benoît ! Benoît ! Benoît ! », ne lui font pas relever la tête. Il croit que se sont ses supporteurs qui l'encouragent.

Ses jambes sont petites et, même en patins, ses enjambées sont courtes.

Le juge quitte son poste au bout de la ligne d'arrivée de la course et court, non en patins, mais en bottes sur la glace, pour arrêter Benoît.

Les parents quittent le rivage et crient, ils se précipitent en glissant et tombant pour arrêter Benoît.

Le petit garçon glisse sur la dernière longueur de glace solide et passe comme une pierre à travers la mince couche de glace ramollie.

C'est Jean Poirier qui est le plus près de l'endroit où Benoît vient de disparaître.

— Sauve-le ! hurle Marie-Louise. Jean Poirier ! Va le chercher !

Mais Jean Poirier ne pense qu'à son propre sort, et la foule ne pense qu'à Jean Poirier. Marie-Louise court sur la glace en criant :

— Jean Poirier, fais quelque chose de bien pour une fois !

Elle ne porte pas de patins, et les semelles de ses bottes dérapent. Mais elle connaît bien le lac. Il est peu profond de ce côté. Si elle s'enfonce, l'eau ne lui arrivera qu'à la taille. Il suffit qu'elle trouve Benoît, le saisisse et le sorte de l'eau glacée.

Elle tombe, mais se redresse et frappe de ses deux poings la glace qui les sépare. Le froid est si mordant qu'elle a l'impression d'être brûlée. Elle ne sent plus ses jambes, qui paraissent amputées par l'eau glacée.

Sur le rivage, ses camarades abandonnent Jean

Poirier et se lancent à la suite de Marie-Louise pour l'aider à sauver le petit garçon.

Mais ils sont trop loin et ont trop tardé.

Marie-Louise recule, brisant la glace avec son corps, utilisant des muscles dont elle ne s'était pas servie pour lutter contre Jean Poirier.

L'ensemble de Benoît d'un bleu très très clair se voit dans l'eau très très froide.

Marie-Louise le tire à elle et le sort de l'eau. Georges et Vincent l'ont rejointe et l'aident à le porter jusqu'à ses parents qui tendent les bras.

* * *

Lorsque l'ambulance arrive et que Benoît crie qu'il ne veut pas aller à l'hôpital parce qu'il veut continuer la course, tout le monde se détend.

Ils se détendent assez pour se souvenir de ce qu'ils faisaient avant l'événement.

— Où est Jean Poirier ? demande Catherine.

Plus personne ne tient de glaçons en main. Ils ne forment plus une foule compacte. Ce ne sont que des jeunes, fiers d'avoir sauvé une vie, fiers d'eux-mêmes, et très trempés et glacés.

On ne voit Jean Poirier nulle part.

— Peut-être qu'il est surnaturel, chuchote Catherine. Peut-être qu'il s'est envolé.

Marie-Louise n'y croit pas, mais elle ne sait pas où il est.

— Viens, Marie-Louise, dit Sonia. J'ai apporté des vêtements de rechange. Il faut que tu les mettes vite, sinon tu vas attraper une pneumonie.

Marie-Louise continue à chercher Jean Poirier. Ce n'est pas le genre de personne dont il faut perdre la trace.

Puis elle voit quelque chose au milieu des morceaux de glace.

Elle veut s'avancer, mais Georges, Stéphane et les autres s'interposent entre elle et la tache de couleur.

— La glace va se reformer, dit Georges.

— La température descend de seconde en seconde, dit Cyrille.

— Il faut aller à la cabane, dit Vincent.

Cette foule, ses nouveaux amis. Est-ce qu'ils ont maintenu Jean Poirier sous l'eau ? Est-ce qu'ils l'ont noyé quand elle croyait qu'ils se précipitaient pour sauver Benoît ? Est-ce que Jean Poirier est tombé à l'eau et, comme *il* n'a jamais sauvé personne, personne ne l'a sauvé ? Est-ce qu'il a compris pendant quelques secondes à quel point il était mauvais ?

« Je ne saurai jamais ce que Madrigal avait l'intention de me faire durant sa visite, se dit Marie-Louise. Je ne saurai jamais pourquoi elle a voulu qu'on échange nos ensembles de ski ni ce qui serait arrivé si le téléski ne s'était pas cassé.

« Et, à moins que je ne le demande, je ne saurai jamais si Jean Poirier s'est noyé sans aide. »

Ils sont prêts à laisser la glace se reformer et à oublier le passé.

Les garçons portent Marie-Louise vers la cabane. Les gens applaudissent en les voyant passer, pensant qu'elle est une sorte de princesse des Neiges, croyant qu'il y a eu un concours et qu'ils ignoraient qu'ils pouvaient voter.

« Il y a eu un vote, se dit Marie-Louise. Et j'ai voté non. Je dois m'en souvenir. Je n'ai pas été capable d'arrêter le mal, mais je ne me suis pas contentée d'observer. Jean Poirier n'a pas gagné. C'est moi qui ai gagné.

« Je suis Marie-Louise, et j'en suis heureuse. »

Quelques notes sur l'auteure

Caroline B. Cooney vit dans un petit village du Connecticut. Elle écrit chaque jour à l'ordinateur, puis elle va faire une longue promenade sur la plage en pensant à ce qu'elle écrira le lendemain. Elle a écrit cinquante livres pour la jeunesse. La première série de romans d'horreur dont elle est l'auteure comprend *La pension infernale*, *Le secret de l'auberge* et *Les flammes accusatrices*.

Elle lit autant qu'elle le peut, et elle a trois grands enfants.

Dans la même collection

1. Quel rendez-vous !
2. L'admirateur secret
3. Qui est à l'appareil ?
4. Cette nuit-là !
5. Poisson d'avril
6. Ange ou démon ?
7. La gardienne
8. La robe de bal
9. L'examen fatidique
10. Le chouchou du professeur
11. Terreur à Saint-Louis
12. Fête sur la plage
13. Le passage secret
14. Le retour de Bob
15. Le bonhomme de neige
16. Les poupées mutilées
17. La gardienne II
18. L'accident
19. La rouquine
20. La fenêtre

Dans la même collection (suite)

21. L'invitation trompeuse
22. Un week-end très spécial
23. Chez Trixie
24. Miroir, miroir
25. Fièvre mortelle
26. Délit de fuite
27. Parfum de venin
28. Le train de la vengeance
29. La pension infernale
30. Les griffes meurtrières
31. Cauchemar sur l'autoroute
32. Le chalet maudit
33. Le secret de l'auberge
34. Rêve fatal
35. Les flammes accusatrices
36. Un Noël sanglant
37. Le jeu de la mort
38. La gardienne III
39. Incendie criminel
40. Le fantôme de la falaise

Dans la même collection (suite)

41. Le camp de la terreur
42. Appels anonymes
43. Jalousie fatale
44. Le témoin silencieux
45. Danger à la télé
46. Rendez-vous à l'halloween
47. La vengeance du fantôme
48. Cœur traqué
49. L'étranger
50. L'album-souvenir
51. Danger ! Élève au volant
52. Vagues de peur
53. Obsession
54. Porté disparu
55. Rendez-vous à l'halloween II
56. La gardienne IV